शेर-ओ-शायरी

दाग़

नवाब मिर्ज़ा ख़ाँ

Neelkanth
Prakashan

प्रकाशक : नीलकंठ प्रकाशन

पता : 4760-61, 23, अंसारी रोड

दरियागंज, नई दिल्ली -110002

फ़ोन: 9810675061

व्हाट्सएप नंबर: +91 9810675061

ईमेल: neelkanthprakashan47@gmail.com

शेर-ओ-शायरी : दाग़

नवाब मिर्ज़ा ख़ाँ

ISBN: 978-93-6144-666-5

संस्करण:2025

'दाग़' देहलवी

दाग़ देहलवी उर्दू शायरी के उन चिरस्मरणीय कवियों में से हैं, जिनकी शायरी में इश्क़ की नज़ाकत, भाषा की मिठास और शैली की संजीदगी का अनुपम संगम देखने को मिलता है। उन्होंने उर्दू ग़ज़ल को ऐसी ऊँचाई प्रदान की, जो आज भी शायरी के प्रेमियों को सम्मोहित करती है। दाग़ देहलवी का असली नाम नवाब मिर्ज़ा खां था, और उनका जन्म 25 मई 1831 को दिल्ली में हुआ था। वे 19वीं सदी के एक ऐसे शायर थे, जिन्होंने न केवल शायरी के क्षेत्र में योगदान दिया, बल्कि उर्दू साहित्य की परंपरा को एक नई दिशा भी दी।

प्रारंभिक जीवन और पारिवारिक पृष्ठभूमि

दाग़ देहलवी का जन्म एक प्रतिष्ठित मुस्लिम परिवार में हुआ था। उनके पिता नवाब शम्सुद्दीन खां थे, जो मुगल दरबार से जुड़े हुए एक प्रभावशाली व्यक्ति थे। दुर्भाग्यवश, जब दाग़ केवल चार साल के थे, उनके पिता को अंग्रेज़ों द्वारा फाँसी दे दी गई। इसके बाद उनकी माँ ने दिल्ली के अंतिम मुग़ल सम्राट बहादुर शाह ज़फ़र से विवाह कर लिया। इस प्रकार दाग़ का पालन-पोषण शाही माहौल में हुआ। उन्होंने लाल क़िले में रहते हुए शिक्षा प्राप्त की और वहीं से उन्होंने साहित्य, कला और संस्कृति का गहरा ज्ञान अर्जित किया।

शाही परिवेश में रहते हुए दाग़ को उर्दू के कई महान शायरों का सान्निध्य मिला। उन्हें ज़ौक़, ग़ालिब और मोमिन जैसे शायरों की रचनाएं सुनने और समझने का अवसर मिला। इससे उनकी शायरी का स्तर अत्यंत उच्च कोटि का बना। ग़ालिब की गहराई और ज़ौक़ की सरलता, दोनों का सम्मिश्रण उनकी शैली में देखने को मिलता है।

साहित्यिक यात्रा

दाग़ देहलवी की साहित्यिक यात्रा किशोरावस्था में ही आरंभ हो गई थी। उन्होंने शुरुआत में जो शायरी की, वह पारंपरिक उर्दू ग़ज़ल की परंपरा के अंतर्गत आती थी, जिसमें प्रेम, हुस्न,

विरह, और आशिकी के विषयों पर केंद्रित ग़ज़लें शामिल थीं। परंतु समय के साथ उन्होंने अपने अनुभवों और सामाजिक संदर्भों को भी अपनी रचनाओं में स्थान देना शुरू किया।

उनकी शायरी की विशेषता यह थी कि वह आम आदमी की ज़ुबान में बात करते थे। उन्होंने उर्दू को सादा, शिष्ट और मोहक ढंग से प्रस्तुत किया। दाग़ की ग़ज़लों में भावनाओं की सच्चाई और भाषा की मिठास का अद्भुत मेल मिलता है। उनके यहाँ इश्क़ सिर्फ़ एक भाव नहीं, बल्कि जीवन का एक दर्शन है, जो रोमांस से लेकर आध्यात्मिकता तक को समाहित करता है।

प्रमुख रचनाएँ

दाग़ देहलवी की शायरी का संकलन मुख्यतः उनके चार दीवानों में मिलता है:

1. गुलज़ार-ए-दाग़
2. महताब-ए-दाग़
3. यादगार-ए-दाग़
4. आफ़ताब-ए-दाग़

इनमें सबसे प्रसिद्ध गुलज़ार-ए-दाग़ है, जिसमें उनकी अत्यंत लोकप्रिय ग़ज़लें शामिल हैं। उनकी ग़ज़लों में सहजता, मिठास, और नफ़ासत के कारण वे हर वर्ग के पाठक और श्रोता को प्रिय हैं।

उदाहरण:

"हमको उनके ज़माने का ग़म नहीं,
हम हैं उनके ज़माने में क्या नहीं।"

यह शेर उनकी शैली और दृष्टिकोण का सुंदर उदाहरण है—एक ओर प्रेम की सच्चाई है, तो दूसरी ओर समय की निष्ठुरता।

शैली और भाषा

दाग़ देहलवी की शैली सरल, प्रवाहपूर्ण और अत्यंत आकर्षक थी। उन्होंने उर्दू शायरी को उस समय की जटिलता से निकालकर एक सहज रूप में आम जनता के सामने प्रस्तुत किया। उनकी भाषा न तो अत्यधिक लखनऊ की नफ़ासत में डूबी थी, न ही वह अत्यधिक क्लिष्ट। वे दिल्ली और लखनऊ दोनों की मिश्रित शैली को अपनाने में सफल रहे।

उनकी शायरी में तज़किया (पाकीज़गी), हुस्न (सौंदर्य), इश्क़ (प्रेम), तसव्वुफ़ (सूफी विचार) और समाज की झलक मिलती है। वे हँसी-मज़ाक, व्यंग्य और चुटीलेपन के माध्यम से भी गहन बातें कह जाते थे। उनका हास्य विनोद भी शिष्ट और प्रभावी होता था।

हैदराबाद और अंतिम जीवन

अपने जीवन के उत्तरार्ध में दाग़ देहलवी ने दिल्ली से हैदराबाद का रुख किया, जहाँ निज़ाम ने उन्हें राजकवि का दर्जा दिया। निज़ाम महबूब अली पाशा दाग़ की शायरी के बड़े प्रशंसक थे। उन्हें "शायर-ए-राज" की उपाधि दी गई और हैदराबाद दरबार में अत्यंत सम्मानित स्थान प्रदान किया गया।

हैदराबाद में रहते हुए उन्होंने कई शिष्यों को शिक्षा दी और उर्दू शायरी को नई दिशा दी। उनके प्रमुख शिष्यों में जिगर मुरादाबादी, फ़ानी बदायूनी और असर लखनवी जैसे नाम सम्मिलित हैं। उनकी शिक्षण शैली से कई नवोदित शायरों को मार्गदर्शन मिला।

दाग़ देहलवी का देहांत 17 मार्च 1905 को हैदराबाद में हुआ। उन्हें वहीं दफनाया गया और आज भी उनका मज़ार शायरी प्रेमियों के लिए एक तीर्थस्थल के समान है।

योगदान और विरासत

दाग़ देहलवी का उर्दू साहित्य में योगदान अतुलनीय है। उन्होंने ग़ज़ल को आमजन की जुबान में उतारकर उसे लोकप्रियता की चरम सीमा तक पहुँचाया। उन्होंने उर्दू को न केवल साहित्यिक भाषा के रूप में प्रतिष्ठा दिलाई, बल्कि उसे जनमानस की भाषा भी बनाया।

उनकी शायरी ने नई पीढ़ियों को यह सिखाया कि किस प्रकार प्रेम, संवेदना, व्यंग्य, और दर्शन को एक साथ पिरोया जा सकता है। आज भी उनकी ग़ज़लों को गायक, मंच कलाकार और शायरी प्रेमी मंचों पर प्रस्तुत करते हैं। उनकी कविताओं का स्वरूप समय के साथ और भी प्रासंगिक होता गया है।

निष्कर्ष

दाग़ देहलवी उर्दू शायरी के ऐसे नक्षत्र हैं, जिनकी रोशनी आज भी साहित्य प्रेमियों के हृदय को आलोकित करती है। उन्होंने शायरी को एक नई पहचान दी, उसे जन-जन तक पहुँचाया और

भाषा को ऐसा रूप दिया जिसे हर दिल अपना सके। उनकी सादगी, मोहकता और संजीदगी आज भी प्रेरणा देती है।

दाग़ देहलवी न केवल एक शायर थे, बल्कि उर्दू संस्कृति और साहित्य के सच्चे प्रतिनिधि थे। उनकी शायरी में जो मिठास, भावनात्मकता और गहराई है, वह उन्हें कालजयी बना देती है। वे सही मायनों में उर्दू के "दाग़" नहीं, बल्कि उसकी "शान" थे।

1

अच्छी सूरत पे ग़ज़ब टूट के आना दिल का
याद आता है हमें हाय ज़माना दिल का

निगहे यार[1] ने की ख़ानाख़राबी[2] ऐसी
न ठिकाना है जिगर का, न ठिकाना दिल का

दे ख़ुदा और जगह सीना ओ पहलू के सिवा
कि बुरे वक़्त में हो जाये ठिकाना दिल का

निगह ए शर्म[3] को बेताब किया, काम किया
रंग लाया तेरी आँखों में समाना दिल का

बाद मुद्दत के ये ऐ 'दाग़' समझ में आया
वही दाना[4] है, कहा जिसने न माना दिल का

---

1. प्रिय के नेत्र 2. घर की बरबादी 3. लज्जित दृष्टि 4. बुद्धिमानी।

2

अपनी नज़र में हेच[1] है सारे जहाँ की सैर
दिल ख़ुश न हो, तो किसका तमाशा, कहाँ की सैर

बाबे क़ुबूल[2] तक नहीं पहुँची हमारी आह
फिर-फिर के कर रही है अभी आसमां की सैर

सैरे ख़िज़ां भी दीद ए इबरत नगर[3] करे
क्या की, जो की बहारे गुलो गुलसितां[4] की सैर

दिल में कभी, जिगर में कभी है निगाहे यार[5]
देखे तो कोई आँख से इस मेहरमां की सैर

---

1. तुच्छ 2. स्वीकृति के द्वार तक 3. दर्शन का आनन्द मिलना 4. फूलों और बाग़ की सैर 5. मित्र की दृष्टि 6. दुनिया 7. सौन्दर्य का बाज़ार।

दुनिया में देखने के लिए आँख चाहिए
जन्नत की सैर से है सिवा इस मकां[6] की सैर

किस पर जमाये आँख, ख़रीदार क्या करे
बाज़ारे हुस्न[7] में है नयी हर दुकां की सैर

दिल्ली में फूल वालों की है एक सैर 'दाग़'
बल्दे में हम ने देख ली सारे जहाँ की सैर

3

अर्शो[1] कुर्सी पे क्या ख़ुदा मिलता
आगे बढ़ते, तो कुछ पता मिलता

इस जफ़ा का जभी मज़ा मिलता
कोई तुझको अगर बुरा मिलता

मुद्दई[2] बन के दिल बग़ल में रहा
काश[3] ये दुश्मनों में जा मिलता

आशिक़ी से मिलेगा ऐ ज़ाहिद[4]
बन्दगी[5] से नहीं ख़ुदा मिलता

दोस्तों से तो कुछ न निकला काम
कोई दुश्मन ही काम का मिलता

तुमको ये मिल गया है क़िस्मत[6] से
'दाग़'-सा वरना दूसरा मिलता

---

1. आकाश 2. प्रतिवादी 3. ईश्वर करे 4. संयमी 5. सर झुकाना 6. भाग्य।

4

असीरे दाग़े बला[1] और कौन है, मैं हूँ
शिकारे तीरे ज़फ़ा[2] और कौन है, मैं हूँ

तेरी अदा पे फ़िदा और कौन है, मैं हूँ
तबाह मेरे सिवा और कौन है, मैं हूँ

कहाँ से आयी शबे ग़म सदा तसल्ली की
यहाँ तो बारे ख़ुदा और कौन है, मैं हूँ

मुझे तो रंज न दे तू कि ऐ दिले नादां
जहाँ में दोस्त तेरा और कौन है, मैं हूँ

शरीक़ रूह भी मेरी है मेरे मातम में
शमूले अह्ले अज़ा[3] और कौन है, मैं हूँ

मिटे हुओं का हमेशा निशान रहता है
बक़ा[4] के ग़म में फ़ना[5] और कौन है, मैं हूँ

ख़याले[6] यार ये कहता है मुझसे ख़िल्वत[7] में
तेरा रफ़ीक़[8] बता और कौन है, मैं हूँ

हिज़ाब मुझसे, हया मुझसे, आर[9] है मुझसे
इस अंजुमन में नया और कौन है, मैं हूँ

---

1. मुसीबत के जाल में फंसा क़ैदी 2. अत्याचार के तीर का निशाना 3. मिलकर रोने वाले 4. अमर 5. मृत्यु। 6. प्रिय की कल्पना 7. अकेलापन 8. मित्र 9. घृणा।

5

आईना अपनी नज़र से न जुदा होने दो
कोई दम और भी आपस में ज़रा होने दो

कम निगाही[1] में इशारा है, इशारे में हया[2]
या न होने दो मुझे चैन से या होने दो

हाथ बांधे हुए अग्यार[3] के साथ आओगे
हम दिखा देंगे मज़ा, रोज़े ज़ज़ा[4] होने दो

हम भी देखें तो कहाँ तक न तवज्जोह होगी
कोई दिन तज़्किरा ए अह्ले वफ़ा[5] होने दो

आँख मिलते ही कहूँ ख़ाक हक़ीक़त दिल की
देखकर जल्वा मेरे होश बजा होने दो

1. कम देखना 2. शर्म 3. प्रतिद्वन्द्वी 4. परिणाम के दिन 5. निष्ठावान्।

तुम दिलाज़ार बने रश्के मसीहा कब से
कम न होने दो मेरा दर्द, सिवा होने दो

मेरी आँखों पे, मेरे मुँह पे तुम न हाथ रखो
हर्फ़े मतलब[6] किसी सूरत से अदा होने दो

लुत्फ़ समझो, तो रक़ीबों से बढ़ा दो मुझको
सैर देखो, तो कोई फ़ितना[7] बपा होने दो

---

6. अभिप्राय 7. उपद्रव।

6

आईना ए दिल[1] ने तमाशा किया
अपनी जगह मैं उसे देखा किया

सबने तो दीदार ख़ुदा का किया
मुझको भी देखा तुझे देखा किया

तूने भी आशिक़ न किये इतने क़त्ल
हमने बहुत ख़ूने तमन्न[2] किया

शिकवे से उसके हुए बदनाम सब
सौ में अगर एक ने ऐसा किया

---

1. हृदयरूपी शीशा 2. इच्छाओं का ख़ून 3. प्रलय के दिन 4. हाल-चाल पूछने के बाद 5. क्रुद्ध आँख।

रोज़े क़यामत[3] वो दमे बाज़ पुर्स[4]
चश्मे ग़ज़ब[5] से मुझे देखा किया

मैं सितम ए ग़ैर का शिकवा करूं
और वो सुनकर कहें अच्छा किया

देखते ही मुझको कहा रोज़े हश्र[6]
तूने यहाँ भी हमें रुस्वा[7] किया

6. क़यामत के दिन 7. बदनाम।

7

आज ठहरे मेरी तुम्हारी शर्त
वस्ल की शर्त है, ये प्यारी शर्त

शर्त भी और फिर तुम्हारी शर्त
जीत ली तुमने, मैंने हारी शर्त

अश्क गुम्माज़[1] हो, तो क्या कीजै
है मुहब्बत में राज़दारी[2] शर्त

दिलरुबाओं को है जफ़ा लाज़िम[3]
दिलक़िमाशों[4] को बेक़रारी शर्त

---

1. चुगलख़ोर 2. भेद छिपाना 3. आवश्यक 4. दिल को दांव पर रखने वाले 5. लापरवाही 6. ईश्वरीय कृपा।

हो ये आदत न बाइसे ग़फ़लत[5]
है तग़ाफुल[6] में होशियारी शर्त

ज़ोशे रहमत के वास्ते ज़ाहिद
है ज़रा-सी गुनाहगारी शर्त

बदगुमानों[7] से इश्क़ का दावा
वाह ऐ 'दाग़' ख़ूब हारी शर्त

---

7. सन्देही।

8

आती है हसरत[1] दिले नाकाम[2] पर
इसको दे डालूं ख़ुदा के नाम पर

उज़्र[3] क्यों करते हो इससे फ़ायदा
मिट चुके हम लज़्ज़ते दुश्नाम[4] पर

जानकर हों मुब्तिला[5] तो क्या इलाज
थी नज़र आग़ाज़[6] से अंजाम[7] पर

वस्ल की शब[8] क्यों न इतराकर खिंचे
सुब्हे आशिक़ हो गयी है शाम पर

बदगुमानी[9] मुझको ले चल उनके साथ
मुसकुराते जाते हैं हर गाम[10] पर

जलने लगती है ज़ुबां कहते ही 'दाग़'
उफ़ निकल जाता है मेरे नाम पर

---

1. इच्छा 2. असफल हृदय 3. बहाना 4. गालियों का स्वाद 5. व्यस्त 6. आरम्भ 7. परिणाम 8. रात 9. भ्रम 10. क़दम-क़दम पर।

9

आरज़ू[1] है वफ़ा[2] करे कोई
जी न चाहे, तो क्या करे कोई

मर्ज़ ही गर दवा करे कोई
मरने वाले को क्या करे कोई

कोसते हैं जले हुए क्या-क्या
अपने हक़[3] में दुआ करे कोई

चाह से आपको तो नफ़रत है
मुझको चाहे ख़ुदा करे कोई

उस गिले[4] को गिला नहीं कहते
गर मज़े का गिला करे कोई

मुँह लगाते ही 'दाग़' इतराया
लुत्फ़ फिर से जफ़ा[5] करे कोई

---

1. इच्छा 2. प्रेम 3. अपने लिए 4. शिकायत 5. दुश्मनी।

10

आलमे यास[1] में घबराये न इन्सान बहुत
दिल सलामत है, तो हसरत बहुत, अरमान बहुत

क़त्ल होने न दिया शुक्रे जफ़ा[2] ने मुझको
काम आते हैं बुरे वक़्त में औसान[3] बहुत

सर उठाता नहीं तू शर्मे जफ़ा से ज़ालिम
या किये हैं किसी कमबख़्त ने एहसान बहुत

तुम कि बेदाद[4] करो और न शरमाओ ज़रा
हम कि नाकरदा[5] गुनाह[6] और पशेमान[7] बहुत

---

1. निराशा 2. बेवफ़ाई 3. होश 4. निष्ठुर 5. न किया हुआ 6. पाप 7. लज्जित 8. इच्छाएँ।

हसरतें[8] रोज़ नयी दिल में भरी जाती हैं
थोड़े-थोड़े भी हुए जाते हैं मेहमान बहुत

वादा करते ही पलट जाओ, हम इससे ख़ुश हैं
दिले ग़मगीं को ख़ुशी की तो है इक आन बहुत

बज़्मे एहबाब[9] में ए 'दाग़' कभी तो हंस बोल
देखते हैं तुझे हर वक़्त परेशान बहुत

---

9. मित्र-मण्डली।

11

आशिक़ के दिल में और तेरी आरज़ू न हो
इस बाग़ का तू फूल हो, फिर इसमें बू न हो

खटका हुआ है ख़ारे तमन्ना से इस क़दर
डरता हूँ यास[1] से भी कहीं आरज़ू न हो

ले तो चला है नासिहे नादां[2] पयामे वस्ल[3]
मैं शर्त बांधता हूँ जो बे आबरू[4] न हो

ऐ दर्दे इश्क़ ख़ाना ए दिल[5] घर तेरा सही
आबाद ये मकान तो जब हो कि तू न हो

इस फ़िक्र में कुछ उनसे न हम बात कर सके
ये गुफ़्तगू न हो कहीं, वो गुफ़्तगू न हो

इक तेरी दोस्ती में हुई सबसे दुश्मनी
गर ये न हो, तो कोई किसी का अदू न हो

---

1. निराशा 2. मूर्ख उपदेशक 3. मिलन का सन्देश 4. अपमानित 5. घर।

बख़्शे ही जायें शर्म हुज़ूरी से लाख ज़ुर्म
दुनिया में क्या करें, जो ख़ुदा रूबरू न हो

हम बादानोश[6] पाँव न रक्खें बहिश्त में
जब तक हमारे सामने जाम ओ सुबू[7] न हो

---

6. शराबी 7. शराब और प्याला।

12

इसलिए वस्ल[1] से इनकार है हम जान गये
ये न समझे कोई क्या जल्द कहा मान गये

ग़ैर के दिल में न हों उसकी तलाशी लेना
कि शबे हिज्र[2] में चोरी मेरे अरमान गये

देख कहते हैं इसे आयी-गयी का सौदा
हम तेरे आते ही सौ जान से क़ुर्बान गये

या इलाही कहीं लुटती तो नहीं राहे अदम[3]
जाने वाले जो यहाँ छोड़ के सामान गये

आजकल नाला ए बुलबुल[4] में भी तासीर[5] नहीं
क्या अज़ब[6] गुल ये पुकारे कि मेरे कान गये

बन्द ए इश्क़[7] हों ऐसे कि इलाही तौबा[8]
तुम तो माशूक़ को ऐ 'दाग़' ख़ुदा जान गये

---

1. मिलन 2. विरह की रात 3. परलोक की राह 4. बुलबुल का क्रन्दन 5. प्रभाव 6. आश्चर्य 7. प्रेम करने वाले 8. हे परमात्मा।

13

उज़्र[1] आने में भी है और बुलाते भी नहीं
बाइसे तर्क मुलाक़ात[2] बताते भी नहीं

मुन्तिज़र[3] हैं दमे रुख़्सत[4] कि ये मर जाये तो जाएँ
फिर ये एहसान कि हम छोड़ के जाते भी नहीं

क्या कहा, फिर वो कहो, हम नहीं सुनते तेरी
नहीं सुनते, तो हम ऐसों को सुनाते भी नहीं

ख़ूब परदा है कि चिलमन से लगे बैठे हैं
साफ़ छिपते भी नहीं सामने आते भी नहीं

हो चुका तर्के तअल्लुक़[5] तो जफ़ाएं क्यों हों
जिनको मतलब नहीं रहता, वो सताते भी नहीं

ज़ीस्त[6] से तंग हो ऐ 'दाग़' तो क्यों जीते हो
जान प्यारी भी नहीं, जान से जाते भी नहीं

---

1. आपत्ति 2. न मिलने का कारण 3. प्रतीक्षा करना 4. विदा होते मय 5. सम्बन्ध विच्छेद 6. जीवन।

14

उड़ायी ख़ाक तेरी जुस्तजू[1] में हर कहीं बरसों
फिरी है आसमां बनकर मेरे सर पर ज़मीं बरसों

न आया है, न आये उसके वादे का यक़ीं[2] बरसों
यूं ही है आज, कल, परसों मगर मिलते नहीं बरसों

बुरा हो जज़्ब ए दिल[3] का, उसे क्यों खींच लाया था
कि आँखों से दबाये हमने पाए नाज़नीं बरसों

न आँखों का इजारा[4] है, न दिल का ज़ोर है उन पर
जो ख़ुद मुख़्तार हैं, ठहरें कहीं दम-भर, कहीं बरसों

नहीं था, तो भी था वो बेवफ़ा आग़ोशे दुश्मन में
कि मेरी बदगुमानी ने उसे रक्खा वहीं बरसों

जुनूं को भी तो बे सामां नहीं देखा गया हमसे
रही है दश्ते वहशत[5] में हमारी आस्तीं[6] बरसों

तलाश 2. विश्वास 3. दय का खिंचाव 4. अधिकार 5. उन्मादी हाय 6. बांहें।

15

उम्मीदवार हूँ करम ए बेहिसाब का
पीता हूँ डगडगा के पियाला शराब का

चर्चा है उनके घर में मेरे इज़्तिराब[1] का
देखा सुलूक़ इस दिले ख़ानाख़राब का

बेकार मुफ़्त ख़ाक उड़ाती फिरी सबा[2]
गोशा[3] उलट दिया न किसी की नक़ाब का

ये बात है बहारे चमन ही के वास्ते
आता नहीं पलट के ज़माना शबाब[4] का

या तमकनत[5] समायी तबीअत में आपकी
या सब्र पड़ गया दिले पुर इज़्तिराब का

उल्ला है ख़्वाबे नाज़[6] से कोई जो दिन चढ़े
चमका हुआ है आज नसीब आफ़्ताब[7] का

---

1. बेचैनी 2. प्रातःकालीन वायु 3. कोना 4. जवानी 5. नख़रे 6. सुख-निद्रा 7. सूर्य।

रोज़ा[8] रखें नमाज़ पढ़ें हज अदा करें
अल्लाह ये सवाब[9] भी है किस अज़ाब[10] का

होने को तेरी चश्मे तग़ाफ़ुल[11] में क़ह्र[12] हो
हमसे मिले, तो लुत्फ़[13] मिले कुछ अताब[14] का

8. व्रत 9. उपकार 10. पाप 11. बेपरवा नेत्र 12. प्रलय 13. मज़ा 14. क्रोध।

16

उसकी शरारतें भी क़यामत से कम नहीं
दिल तुझसे बढ़ के ये किसी सूरत से कम नहीं

अन्दोहे[1] दर्द, यासो ग़मो[2] रंज अपने पास
जो कुछ है, वो तुम्हारी इनायत से कम नहीं

वो लज़्ज़ते विसाल[3] से लेते हैं जान ओ दिल
ये मेहरबानियां भी अदावत[4] से कम नहीं

वो अपने दिल में ख़ुश हों, ये बात ही कुछ और
शुक्रे जफ़ा[5] वगरना[6] शिकायत से कम नहीं

सूने जिगर कभी न करूंगा तमाम उम्र
जो रिज़्क़[7] मिल गया, मेरी क़िस्मत से कम नहीं

तूने दिया फरोग़[8] तो है 'दाग़' आफ्ताब[9]
ज़र्रा[10] भी वर्ना उसकी हक़ीक़त से कम नहीं

---

1. दुःख 2. निराशा 3. मिलन का स्वाद 4. शत्रुता 5. निष्ठुरता 6. नहीं तो 7. जीविका 8. उन्नति 9. सूर्य 10. कण।

17

एक ही रंग[1] है सब में, ये तमाशा कैसा
कोई कैसा है, कोई चाहने वाला कैसा

रोये हम यास[2] में इस रंग का रोना कैसा
पानी हो-हो के बहा ख़ूने तमन्ना कैसा

अरसा ए हश्र[3] में इंसाफ़ हमारा कैसा
देखना ये है कि होता है तमाशा कैसा

बख़्श दे उस बुते शफ़्फ़ाक[4] को ऐ दावरे हश्र[5]
ख़ून ही मुझमें न था, ख़ून का दावा कैसा

नींद आयी है, बड़ी रात गये आये हो
सुर्ख़ आँखों में भला नश्शए सहबा[6] कैसा

डूबते हैं अश्क ए शर्म[7] दे ग़ैरत वाले
डूब मरने ही पे जब आये, तो दरिया कैसा

---

1. व्यवहार 2. निराशा 3. प्रलय का दिन 4. कोमल 5. ईश्वर 6. शराब का नशा 7. लज्जा का पानी।

ख़ूबियां लाख किसी में हों, तो ज़ाहिर न करे
लोग करते हैं बुरी बात का चर्चा कैसा

नामाबर[8] तूने भी देखा है उसे, सच कहना
ज़ात कैसी है, फबन कैसी है, नक़्शा कैसा

---

8. सन्देश वाहक।

18

ऐब निकला जो हुनर पैदा किया
हमने खोया जिस क़दर पैदा किया

अह्ले जन्नत[1] को भी आया उससे रश्क
जिस किसी ने दिल में घर पैदा किया

शर्म है पैदा किये की उसके हाथ
जिसने मुझको बेहुनर पैदा किया

इश्क़ ने क्या-क्या दिखाये शोबदे[2]
दिल इधर खोया, उधर पैदा किया

हाय रे मैं! वाह, क्या कहना मेरा
रंज उनको छोड़कर पैदा किया

मुद्दआ ये था कि हम देखें तुझे
वरना क्यों नूरे नज़र[3] पैदा किया

जीने देता किसको 'दाग़े' रूसियाह[4]
पर ख़ुदा ने देखकर पैदा किया

---

1. स्वर्ग में रहने वाले 2. खेल 3. दिव्य ज्योति 4. अभागा।

19

काम रुकने का नहीं ऐ दिले नादां कोई
कुछ-न-कुछ ग़ैब[1] से हो जायेगा सामां[2] कोई

बेचता हूँ जो ख़रीदे मेरे अरमां कोई
मुफ़्त देता हूँ, अगर मान ले एहसां कोई

इश्क़ जिसको न हो ऐसा, न हो इन्सां कोई
आगे तक़दीर है ख़ुश हो कि पशेमाँ कोई

था अभी चश्मे तसव्वुर[3] में नुमायां[4] कोई
हो गया देखते-ही-देखते पिनहां[5] कोई

इन उचटती हुई बातों के नहीं हम क़ाइल
करे इनकार बअन्दाज़े-ए-पैमां[6] कोई

शिकवा ए रंजिशो बेदाद[7] भी करना क़ासिद
मगर इतना कि, न हो जाये पशेमाँ कोई

---

1. आकाशवाणी 2. ढंग 3. स्वप्निल नेत्रों में 4. ज़ाहिर 5. छिपा हुआ 6. वादे की भाँति 7. अत्याचारों की शिकायत।

देर हो जाये बला से उन्हें आराइश[8] में
रह न जाये किसी कम्बख़्त का अरमां कोई

हसरतें यूं तो मुहब्बत में बहुत होती हैं
दिल में रखने का निकल आता है अरमां कोई

---

8. प्रदर्शन दिखावा।

20

किसी का मुझको न मुहताज़ रख ज़माने में
कमी है कौन-सी यारब तेरे ख़ज़ाने में

जो हो इजाज़ते सैयाद[1] ओ ताक़ते परवाज़[2]
क़फ़स[3] को ले के चला आऊं आशियाने में

रक़ीब भी तो उसे कान दे के सुनते हैं
अजब तरह का मज़ा है मेरे फ़साने में

न बाज़ आ दिले मुज़्तर[4] सवाले पैहम[5] से
वो सोचते हैं अभी देर है बहाने में

मिला न ख़िरमने हस्ती[6] से कुछ सिवा ए अजल[7]
भरा है ज़ह्र मगर इसके दाने-दाने में

न रख मुझे क़फ़स ए आहिनी[8] में ऐ सैयाद[9]
बजाये ख़ार,ये गुलशन थे आशियाने में

1. शिकारी की आज्ञा 2. उड़ने की शक्ति 3. पिंजरा 4. परेशान 5. लगातार प्रश्न 6. जीवनरूपी खलिहान 7. मृत्यु 8. लोहे का पिंजरा 9. शिकारी।

पढ़ेंगे हज़रते ज़ाहिद वहाँ भी जा के नमाज़
बनेगी छोटी-सी मस्जिद शराबख़ाने में

अमाल ए कार[10] ख़ुदा जाने 'दाग़' क्या होगा
ख़ुदा से काम पड़ा आख़िरी ज़माने में

---

10. कार्यफल।

21

कुछ और दिल्लगी नहीं इस ख़ुशनसीब से
हम जानते हैं खेलते हो तुम रक़ीब से

ऐ नासेह-ए-शफ़ीक़ रहे कुछ तो छेड़-छाड़
ज़िक्र-ए-हबीब कम नहीं वस्ल-ए-हबीब से

मैं बदगुमानियों[3] का भी ममनून[4] हो गया
वो हाल पूछ लेते हैं मेरा तबीब से

शोख़ी में तमकनत[5] है, तो फिर नाज़ में नियाज़[6]
तालीम तुमने पायी है अच्छे अदीब से

अपना ही अक्स क्यों न हो अल्लाह रे हिजाब
देखा न आईना कभी उसने क़रीब से

अफ़्काए राज़े इश्क़[7] की आदत भी है बुरी
हमने हमेशा हाल छिपाया तबीब से

---

1. मृत्यु के लिए प्रार्थना 2. चिकित्सक 3. भ्रम 4. कृतज्ञ 5. चंचलता 6. कृपा 7. प्रणय का भेद छिपाना।

22

कुछ हमें भी ख़याल हो ही गया
आख़िर उनसे मलाल हो ही गया

उनसे मुश्किल विसाल[1] हो ही गया
था जो मुम्मिन मुहाल[2] हो ही गया

दिल में था जब तलक तेरा शिकवा
लब पे आकर सवाल हो ही

यास[3] अंजामकार[4] हो ही गयी
शौक़[5] ख़्वाबो ख़याल[6] हो ही गया

ऐसे वादे किये कोई जाने
आज पूरा सवाल हो ही गया

दौलते हुस्न हो कि दौलते ज़र
आख़िर-आख़िर ज़वाल[7] हो ही गया

---

1. मिलन 2. कठिन 3. निराशा 4. फलदायक 5. रुचि 6. स्वप्न 7. पतन।

गो[8] किया ज़ब्त ज़िक्रे दुश्मन पर
रुख़[9] से ज़ाहिर मलाल[10] हो ही गया

यूँ बुराई से हो मगर आख़िर
उनको मेरा ख़याल हो ही गया

8. यद्यपि 9. मुख 10. दुःख।

23

क्या तूने मेरा हाले परीशां नहीं देखा
इस तरह से देखा कि मेरी जां नहीं देखा

जब हाथ पड़ा वस्ल में शोख़ी से किसी का
फिर हमने गिरेबाँ[1] को गिरेबाँ नहीं देखा

नज़रों में समाया हुआ साया नहीं जाता
लैला ने कभी क़ैस को उरियां[2] नहीं देखा

जो दिन मुझे तक़्दीर की गर्दिश[3] ने दिखाया
तूने भी वो ऐ गर्दिशे दौरां[4] नहीं देखा

क्या ऐश से मामूर[5] थी वो अंजुमन ए नाज़[6]
हमने तो वहाँ शम्मा का गिरिया[7] नहीं देखा

क्यों पूछते हो कौन है ये किसकी है शोहरत
क्या तुमने कभी 'दाग़' का दीवां[8] नहीं देखा

---

1. कुर्ते का ऊपरी भाग 2. नग्न 3. फेर 4. समय का फेर 5. भरी हुई 6. सौन्दर्य-सभा 7. रुदन 8. ग़ज़लों का संग्रह।

24

क्यों फ़िक्र इस क़दर है रक़ीबों[1] के बाब[2] में
उनके गुनाह डाल दो मेरे हिसाब में

सूफ़ी का इज़्तनाब[3] है, वाइज़ का एतराज़
क्या ज़ह्र पुल गया है इलाही शराब में

यारब न पूछ अरस ए महशर[4] में राज़े दिल
करता हूँ मैं हिज़ाब[5] की बातें हिज़ाब में

मैं देखता हूँ देखते ही वस्लो हिज्र में
ताबीर[6] मुझको ख़्वाब की मिलती है ख़्वाब में

आँख अपनी बन्द होते ही परदे से उठ गये
देखा था हमने ख़ाक जहाने ख़राब में

कुछ होश हो, तो 'दाग़' को समझायें नेक ओ बद
डूबा हुआ है नश्शए जाए शराब में

---

1. प्रतिद्वन्द्वी 2. विषय में 3. परहेज़ 4. प्रलय का मैदान 5. परदा 6. परिणाम।

25

ख़त में लिक्खे हुए रंजिश के कलाम आते हैं
किस क़यामत के ये नामे[1] मेरे नाम आते हैं

ताबे नज़्ज़ारा[2] किसे, देखे जो उनके जल्वे
बिजलियां कौंधती हैं जब लबे बाम[3] आते हैं

तो सही हश्र में तुझसे जो ये न कहला दूं
दोस्त वो होते हैं, जो वक़्त पे काम आते हैं

रहरवे ए राहे मुहब्बत का ख़ुदा हाफ़िज़ है
इसमें दो-चार बहुत सख़्त मुक़ाम आते हैं

सब्र करता है कभी और तड़पता है कभी
दिले नाकाम को अपने यही काम आते हैं

न किसी शख़्स की इज़्ज़त, न किसी की तौक़ीर[44]
आशिक़ आते हैं तुम्हारे कि ग़ुलाम आते हैं

1. पत्र 2. देखने का हौसला 3. मुंडेर पर 4. आदर।

रस्मे तहरीर भी मिट जाये, यही मतलब है
उनके ख़त में मुझे पैरों के सलाम आते हैं

गिरिया[5] हो, नाला हो शिकवा हो या कि हसरत हो
आने वाली तेरी फ़ुर्क़त में मदाम[6] आते हैं

---

5. रोना 6. सदैव।

26

गर मेरे अश्के सुर्ख़[1] से रंगे हिना[2] मिले
जो चोर की सज़ा, वही मुझको सज़ा मिले

जाते थे मुँह छुपाये हुए मैकदे[3] को हम
आते हुए उधर से कई पारसा मिले

अपनी भी शामत[4] आ गयी, तौबा[5] के साथ ही
अह्दे शबाब[6] के जो कहीं आश्ना[7] मिले

शौक़े विसाल[8] ख़ाक में सबको मिलायेगा
तुम क्यों मिले किसी से, तुम्हारी बला मिले

अल्लाह दे, तो फ़ख्र[9] की दौलत है सल्तनत[10]
जितने फ़क़ीर मुझको मिले, बादशाह मिले

दुनिया में दिल्लगी के लिए कुछ तो चाहिए
हम इन बुतों से मिलते हैं, जब तक ख़ुदा मिले

---

1. लाल आँसू 2. मेहंदी का रंग 3. मदिरालय 4. मुसीबत 5. इनकार 6. जवानी के दिन 7. मित्र 8. मिलन की इच्छा 9. फ़क़ीरी 10. राज्य।

इस वास्ते उठायी हैं तेरी बुराइयां
डरता हूँ मैं कि और ना तुम-सा बुरा मिले

ऐ 'दाग़' अपनी वज़आ[11] हमेशा यही रही
कोई खिंचा-खिंचा, कोई हमसे मिला-मिले

27

गिरह[1] जो पड़ गयी रंजिश[2] में वो मुश्किल से निकलेगी
न उनके दिल से निकलेगी, न मेरे दिल से निकलेगी

अदा तेरी, फ़ुग़ां[3] मेरी, भला कब चैन देती है
जिगर थामे हुए ख़िल्कत तेरी महफ़िल से निकलेगी

किसी बद ख़ू[4] से हम कहने लगे थे मुद्दआ[5] अपना
ये क्या मालूम था आवाज़ भी मुश्किल से निकलेगी

तरसते[6] हैं क़यामत के, ग़ज़ब के, रात-दिन फ़िक़रे[7]
नयी जब बात निकलेगी, तेरी महफ़िल से निकलेगी

रुमूज़े आशिक़ी[8] का आशिक़ो तुम 'दाग़' से पूछो
कि बारीकी में बारीकी[9] उसी कामिल[10] से निकलेगी

---

1. गाँठ 2. शत्रुता 3. रुदन 4. बुरी आदत वाला 5. अभिप्राय 6. बनाना 7. उच्च श्रेणी 8. बातें 9. प्रेम का भेद 10. दक्ष।

28

ग़ैर को मुँह लगा के देख लिया
झूठ-सच आज़्मा के देख लिया

उनके घर दाग़ जा के देख लिया
दिल के कहने में आ के देख लिया

कितनी फ़रहत फ़िज़ा[1] थी बूए वफ़ा[2]
उसने दिल को जला के देख लिया

जिन्स[3] दिल है, वो है नहीं सौदा
हर जगह से मंगा के देख लिया

जाओ भी, क्या करोगे मेह्र ओ वफ़ा[4]
बारहा[5] आज़्मा के देख लिया

इधर आईना है, उधर दिल है
जिसको चाहा, उठा के देख लिया

---

1. आरामदायक 2. प्यार की सुगन्ध 3. सामान 4. कृपा 5. बार-बार।

उसने सुब्हे शबे विसाल मुझे
जाते-जाते भी आ के देख लिया

'दाग़' ने ख़ूब आशिक़ी का मज़ा
जल के देखा, जला के देख लिया

29

ग़ैर पर लुत्फ़ ओ करम[1] बस हो चुका
हो चुका हम पर सितम बस हो चुका

दिल में रहने दे कसक[2] ऐ चारागर[3]
दर्द अपना कम से कम बस हो चुका

मैं दमे आख़िर से अपने शाद[4] हूँ
इन्तिहा का रंजो ग़म बस हो चुका

गर यही क़समें हैं, तो मुझको यक़ीं
आपके सर की क़सम बस हो चुका

देखता भी तो नहीं वो बादाख़्वार[5]
साग़रे दिल जामे जम बस हो चुका

कल जो इक दाग़े हज़ीं[6] मशहूर था
आज वो बीमारे ग़म बस हो चुका

---

1. कृपा 2. दर्द 3. चिकित्सक 4. प्रसन्न 5. शराबी 6. दुःख का चिन्ह।

30

चले आते हो ऐसे बेक़रार आये, तो क्या आये
कि घोड़े पर हवा के तुम सवार आये, तो क्या आये

बहुत तकलीफ़ पायी है, बहुत सदमे उठाये हैं
तबीअत अब कहीं बे इख़्तियार[1] आये, तो क्या आये

हवा भी तेरी ख़िल्वतगाह[2] में आने नहीं पाती
तेरे दर तक मेरा मुश्ते ग़ुबार[3] आये, तो क्या आये

बढ़ी आती है, आये, जो उमीदी पेशवाई[4] की
तेरे दर पर कोई उम्मीदवार आये, तो क्या आये

क़दम रक्खा था बाज़ीगाहे उल्फ़त[5] में कि दिल खोया
गये थे जीतने, क्या चीज़ हार आये, तो क्या आये

जो हैं अह्ले हवस साक़ी, शराबे इश्क़ का उनको
सुरूर आये, तो क्या आये, ख़ुमार आये, तो क्या आये

तुम्हारी बज़्म में देखा न हमने 'दाग़'-सा कोई
जो सौ आये, तो क्या आये, हज़ार आये, तो क्या आये

---

1. आसपास 2. एकान्त 3. मुल्ली-भर धूल 4. स्वागत 5. प्रेम के खेल का मैदान।

31

चोट खाना दिले हज़ीं[1] न कहीं
दर्द रह जायेगा कहीं न कहीं

है क़ुदूरत[2] भरी हुई इसमें
आसमां पर भी हो ज़मीं न कहीं

हाल पहलू बचा के लिक्खा है
ताड़ जाये वो नुक्ताचीं[3] न कहीं

न करो इम्तिहाने मेह्र ओ वफ़ा[4]
आये इस झूठ पर यक़ीं न कहीं

मौत उसी आस्तां[5] पे आ जाये
सिर्फ़ सिज्दा हो फिर जबीं न कहीं

आपकी गुफ़्तगू का क्या कहना
चार बातें भी दिलनशीं न कहीं

'दाग़' फिर ताक-झांक करते हैं
अब घिरे, अब फंसे कहीं न कहीं

1. दुखी मन 2. शत्रुता 3. बहस करने वाला 4. कृपा-धर्म 5. चौखट।

32

छीनकर बुत[1] दिले नाकाम[2] लिये जाते हैं
लूटकर राहत ओ आराम लिये जाते हैं

नज़र आता हूँ न उस बज़्म से उठ सकता हूँ
नातवानी[3] से बड़े काम लिये जाते हैं

गर्चे देते हैं ज़ुबां से वो शिकायत का जवाब
दिल में क्या-क्या दमे इल्ज़ाम[4] लिये जाते हैं

शिकवा ए मेह्र ओ वफ़ा[5] किसने कहा, किसने सुना
फिर वही आप मेरा नाम लिये जाते हैं

जब तसव्वुर में कोई परदानशीं[6] होता है
दिल से आँखों के बहुत काम लिये जाते हैं

मोल जन्नत का हुआ नक़्दे इबादत[7] ज़ाहिद
है कहीं माल, कहीं दाम लिये जाते हैं

---

1. माशूक़ 2. बरबाद 3. कमज़ोरी 4. कमज़ोरी 5. दोष देते समय 6. कृपा और सच्चाई की शिकायत 7. परदा करने वाले।

क्या मज़ा है कि शिकायत में मज़ा आता है
ख़ुद ही इल्ज़ाम पे इल्ज़ाम लिये जाते हैं

मैकशो हज़रते ज़ाहिद[8] की तलाशी लेना
कि छुपाये हुए वो जाम लिये जाते हैं

8. उपदेशक महोदय।

33

जब मए लालाफ़ाम[1] होती है
मुझको तौबा[2] हराम होती है

ये भी तर्ज़े ख़राम[3] होती है
सारी दुनिया तमाम होती है

ख़ूबरू[4] वो है, जिसकी ख़ू[5] अच्छी
शम्मा सूरत[6] हराम होती है

तोड़ता है उसी को वो गुलचीं[7]
जो कली दिल की ख़ाम[8] होती है

दिल ही दिल में तेरे रक़ीबों से
गुफ़्तगू ला-कलाम[9] होती है

सुब्ह होने तो दो, चले जाना
शब की नीयत हराम होती है

---

1. लाल रंग की 2. छोड़ना 3. चलने का ढंग 4. सुन्दर चेहरा 5. आदत 6. अच्छी सूरत वाला 7. माली 8. कच्ची 9. बन्द होना।

हर्फ़े मतलब[10] कहा नहीं जाता
बात उनसे मदाम[11] होती है

ये सुना है कि बिरहमन से भी
शैख़ की राम-राम होती है

---

10. अभिप्राय 11. प्रायः।

34

जिसने हमारे दिल को नमूना दिखा दिया
उस आईने को ख़ाक में उसने मिला दिया

इनकारे-मैकशी[1] ने मुझे क्या मज़ा दिया
सीने पे चढ़ के उसने ख़ुमे-मै[2] पिला दिया

दुनिया में इक यही है ज़ियारत गहे[3] जुनूं[4]
ख़ाना ख़राबियों ने मेरा घर बना दिया

ताहश्र[5] मुनकिरैन[6] क़यामत न मांगते
तुझको बना के इसका नमूना दिखा दिया

सर्फ़े बिना[7] बुतक़दा[8] ए शैख़[9] कुछ न पूछ
अक्सर इक ईंट के लिए मस्जिद को ढा दिया

वो नाज़ से ज़मीन पर रखते न थे क़दम
तारीफ़ करके और भी हमने उड़ा दिया

1. मदिरापान 2. मदिरापात्र 3. दर्शनस्थल 4. पागलपन 5. प्रलय तक 6. मूल्य 7. नींव 8. मन्दिर 9. उपदेशक।

काम आ गया हुजूम रक़ीबों का बज़्म में
उस फ़ित्नागर[10] की आँख से मुझको छिपा दिया

समझेंगे ख़ूब उस बुते नाआश्ना[11] से 'दाग़'
गर एक बार और ख़ुदा ने मिला दिया

---

10. अपरिचित 11. मित्र।

35

जो पुर्ज़े हों न सहरा में, जो टुकड़े हों न गुलशन में
गिरेबां में गिरेबां है, न वो दामन है दामन में

क़यामत की तजल्ली है, तुम्हारे रूपे रौशन में
मुझे डर है कि देखो आग लग जाये न चिलमन में

तुम्हारे वास्ते मैं ग़ैर को तनहा न छोड़ूंगा
समझ लेना कि दो मुर्दे गड़ेंगे एक मदफ़न[1] में

किसी के ख़ौफ़[2] से जी खोलकर रोया नहीं जाता
कि जो आँसू टपकता है, छिपा लेता हूँ दामन में

गिरे कोसों अलग ख़ौफ़ ओ ख़तर से कांपकर बिजली
अगर तुख़्मे मुहब्बत[3] एक भी हो सारे ख़िरमन[4] में

कभी हम वहशियों के घर की आबादी नहीं जाती
अगर कोई न हो, तो ख़ानावीरानी है मसकन[5] में

1. क़ब्र 2. भय 3. प्रेम का बीज 4. खलिहान 5. आवास।

नये गुल फूलते हैं, क्या निराले रंग खिलते हैं
बहारें जो तेरी महफ़िल में हैं, वो कब हैं गुलशन में

ग़ज़ब हैं 'दाग़' ये दिन-रात, ये बरसात यूं गुज़रे
कहाँ वो रश्के गुल झूला झुलाये जिसको सावन में

36

जो मैफ़रोश[1] से सौदा बने, तो कर लेना
कमी हो हज़रते ज़ाहिद, वो हमसे भर[2] लेना

बिगड़ के जायें वो, नादान[3] बन के आये हम
कि है बजा[4] उन्हें दुश्मन को दोस्त कर लेना

शिकारे-तीरे नज़र दिल हुआ, जिगर न हुआ
ये बच रहा है, ज़रा इसकी भी ख़बर लेना

अबस[5] निबाह[6] के वादे से तुम तो डरते हो
ये कौन बात है, इक दिन निबाह कर लेना

शबीह[7] लायेंगे यूसफ़[8] की अह्ले मिस्र[9] यहाँ
बड़ा मुक़ाबला है, तुम भी बन संवर लेना

ग़रज़[10] तुम्हें, जो सुनो उनसे ग़ैर का शिकवा[11]
ये क़िस्सा मोल न ऐ 'दाग़' अपने सर लेना

---

1. मदिरा बेचने वाला 2. पूरा करना 3. नासमझ 4. उचित 5. बेकार 6. पूरा करना 7. चित्र 8. मिस्र देश का एक सुन्दर राजा 9. मिस्र देश का रहने वाला 10. मतलब 11. शिकायत।

37

तड़पते हैं उन्हें ग़ैरों की चाहत ऐसी होती है
ख़ुदा की शान है, ऐसों की हालत ऐसी होती है

जब आँखों में लगाता हूँ तो चुपके-चुपके हंस-हंसकर
तेरी तस्वीर भी कहती है, सूरत ऐसी होती है

किया नज़्ज़ारा[1] बज़्में ग़ैर[2] में, उस हूरे तलअत[3] का
ये क्या मालूम था, दोज़ख़[4] में जन्नत ऐसी होती है

अभी तो खेल समझे हो, मगर इक दिन दिखा देंगे
क़यामत इसको कहते हैं, क़यामत ऐसी होती है

हमारी शक्ल तेरे ग़म में पहचानी नहीं जाती
बिगड़ जाती है सूरत भी मुसीबत ऐसी होती है

ग़ज़ब में जान है, बरसों के शिकवे भूल जाता हूँ
कभी दो-चार दिन उनकी इनायत[5] ऐसी होती है

ज़रा-सी बात पर ऐ 'दाग़' तुम उनसे बिगड़ बैठे
इसी का नाम उल्फ़त है, मुहब्बत ऐसी होती है

---

1 दृश्य का दर्शन 2. परायों की सभा 3. परी के समान सुन्दर 4. नरक 5. कृपा।

38

तमाम रात वो जागे, वो सोये सारे दिन
ख़बर ही क्या उन्हें, क्योंकर कटे हमारे दिन

ख़ुदा बचाये, क़यामत के हैं तुम्हारे दिन
ये प्यारी-प्यारी जवानी, ये प्यारे-प्यारे दिन

मुझे गुज़रती है इक-इक घड़ी क़यामत की
जो इस तरह से गुज़ारे, तो क्या गुज़ारे दिन

किसी के जाते हुए, घर में हुई वो तारीकी[1]
चिराग़ मैंने जलाये हैं आज सारे दिन

मेरे जिगर पे हैं दाग़े फ़िराक़[2], रोज़े फ़िराक़[3]
दिखा रहा है चमकते हुए सितारे दिन

शबे फ़िराक़[4] हो क्योंकर नसीब रोज़े फ़िराक़
कि ज़ुल्फ़ें लैला की शब किस तरह संवारे दिन

---

1. अन्धकार 2. वियोग के चिन्ह 3. विरह के दिन 4. विरह की रात।

लड़े जो ग़ैर की इशरत[5] से अपने लैलो निहार[6]
तो रात-रात से हो मात, दिन से हारे दिन

उन्होंने वादा किया आज शब को आने का
ख़ुशी तो जब है, ख़ुदा ख़ैर से गुज़ारे दिन

5. ख़ुशी 6. दिन-रात।

39

हमारी तरफ़ अब वो कम देखते हैं
वो नज़रें नहीं, जिनको हम देखते हैं

हमें चश्मे बीना[1] दिखाती है सब कुछ
वो अन्धे हैं, जो जामे जम देखते हैं

न ईमां ए ख़्वाहिश[2] न इज़्हारे मतलब
मेरे मुँह को अह्ले करम देखते हैं

ग़नीमत है चश्मे तग़ाफ़ुल[3] भी उनकी
बहुत देखते हैं, जो कम देखते हैं

उन्हें क्यों न हो दिलरुबाई[4] से नफ़रत
कि हर दिल में वो ग़म अलम[5] देखते हैं

जवाबे ख़ते शौक़ लिखना है मुश्किल
वो घड़ियों शिगाफ़े क़लम[6] देखते हैं

---

1. देखने वाले नेत्र 2. इच्छापूर्ति 3. लापरवाह नेत्र 4. प्रेम करना 5. दुःख दर्द 6. क़लम की दरार।

40

तुमको चाहा, तो ख़ता क्या है, बता दो मुझको
दूसरा कोई तो अपना-सा दिखा दो मुझको

कौन होता है कड़ी बात को सहने वाला
गालियां तुमको सिखा दीं, ये दुआ दो मुझको

बाग़े फ़िरदौस[1] में भी बूए वतन[2] याद रहे
इत्र मिट्टी का दमे मर्ग[3] सुंघा दो मुझको

ग़ैर को दस्ते हिनाई[4] न दिखाओ, देखो
गर लगानी है यूं ही आग, लगा दो मुझको

दिल में सौ शिकवा ए ग़म[5] पूछने वाला ऐसा
क्या कहूँ हश्र[6] के दिन, यह तो बता दो मुझको

मुझको मिलता ही नहीं मेह्र ओ मुहब्बत का निशां
तुमने देखा हो किसी में, तो बता दो मुझको

---

1. स्वर्ग 2. स्वदेश की सुगन्ध 3. मरते समय 4. मेहंदी रचे हाथ 5. शिकायत 6. परिणाम।

बे मुरव्वत[7] दिले बेताब से हो जाता है
शेवा ए ख़ास[8] ये अपना ही सिखा दो मुझको

तुम भी राज़ी हो, तुम्हारी भी ख़ुशी है कि नहीं
जीते जी 'दाग़' ये कहता है, मिटा दो मुझको

---

7. बिना झिझक के 8. विशेष ढंग।

41

तुमने बदले हमसे गिन-गिन के लिये
हमने क्या चाहा था इस दिन के लिए

कुछ निराला है जवानी का बनाव
शोख़ियां[1] जेवर[2] हैं इस सिन[3] के लिए

दिल के लेने को ज़मानत[4] चाहिए
और इत्मीनान ज़ामिन[5] के लिए

वो नहीं सुनते हमारी, क्या करें
मांगते हैं हम दुआ जिनके लिए

आजकल में 'दाग़' होंगे कामयाब
क्यों मरे जाते हो दो दिन के लिए

---

1 हाव-भाव 2 आभूषण 3. आयु 4. उत्तरदायित्व 5. उत्तरदायी।

42

वो क़त्ल करके मुझे हर किसी से पूछते हैं
ये काम किसने किया है, ये काम किसका था

वफ़ा करेंगे, निबाहेंगे, बात मानेंगे
तुम्हें भी याद है कुछ, ये कलाम किसका था

रहा न दिल में वो बेदर्द और दर्द रहा
मुक़ीम कौन हुआ है, मुक़ाम किसका था

इन्हीं सिफ़ात[1] से होता है आदमी मशहूर
जो लुत्फ़[2] आप वो करते, तो नाम किसका था

हर इक से कहते हैं क्या 'दाग़' बेवफ़ा निकला
ये पूछे इनसे कोई, वो ग़ुलाम किसका था

---

1. गुणों 2. आनन्द।

43

तूर[1] के पहलू में इक बुतख़ाना ऐसा चाहिए
शोर उट्ठे जल्व ए जानाना ऐसा चाहिए

दिलरुबा कहलाये दिलाज़ार[2] ऐसा चाहिए
आश्ना[3] कहिये जिसे बेगाना ऐसा चाहिए

एक क़तरा[4] भी न ऐ साक़ी मिले कमज़र्फ[5] को
इन्तिज़ामे बादा ओ पैमाना ऐसा चाहिए

तीर तेरा दिल में रह-रहकर खिंचा किस-किस तरह
जो करे मिलकर दग़ा बेगाना ऐसा चाहिए

देखकर चाहत मेरी कहते हैं सब अह्ले नज़र[6]
गुल को बुलबुल शम्मा को परवाना ऐसा चाहिए

जब्र[7] पर हो सब्र उल्फ़त में जफ़ा पर हो वफ़ा
तुझको तो ऐ हिम्मते मर्दाना ऐसा चाहिए

---

1. प्रिय की ज्योति 2. काट देने वाला 3. मित्र 4. बूँद 5. ओछा 6. देखने वाले 7. अत्याचार।

हिज्र में उस शम्मा रू[8] का दिल जला फ़ुर्क़त[9] में भी
जो अंधेरे में जले परवाना ऐसा चाहिए

ख़ूब जी भरकर सुना पहले तो क़िस्सा 'दाग़' का
फिर कहा दिल थामकर अफ़्साना ऐसा चाहिए

---

8. दीपक-जैसे मुख वाली 9. वियोग।

44

तू ही अपने हाथ से जब दिलरुबा[1] जाता रहा
दिल की भी परवा नहीं, जाता रहा, जाता रहा

मर्गे दुश्मन[2] का ज़ियादा तुमसे है मुझको ख़याल
दुश्मनी का लुत्फ़, शिकवों[3] का मज़ा जाता रहा

अच्छी सूरत भी किया करती थी अक्सर ताक-झांक
रह गयी आँखें, मगर वो देखना जाता रहा

हिर्स[4] दामनगीर[5] दुनिया माले दुनिया बेसबात[6]
जिस क़दर हासिल किया, उससे सिवा जाता रहा

'दाग़' कुछ दरहम न था, जिसका उन्हें होता ख़याल
हो गया, गुम हो गया, जाता रहा, जाता रहा

---

1. दिल को अच्छा लगने वाला 2. शत्रु की मौत 3. शिकायत 4. लालच 5. लिपटी हुई 6. नश्वर।

45

तेरी महफ़िल में ये कसरत[1] कभी थी
हमारे रंग की सोहबत कभी थी

इस आज़ादी में भी वहशत[2] कभी थी
मुझे अपने से भी नफ़रत कभी थी

हमारा दिल हमारा दिल कभी था
तेरी सूरत तेरी सूरत कभी थी

हुआ इंसान की आँखों से साबित
अयां[3] उस नूर में ज़ुल्मत[4] कभी थी

उसी हसरत में दिल अब मुब्तिला[5] है
कि जिस उम्मीद में हसरत कभी थी

दिले वीरां में बाक़ी हैं ये आसार
यहाँ ग़म था, यहाँ हसरत कभी थी

तुम इतराये कि बस, मरने लगा 'दाग़'
बनावट थी, जो वो हालत कभी थी

1. भीड़ 2. जंगलीपन 3. प्रकट 4. अंधेरा 5. व्यस्त।

46

दर्द बनकर दिल में आना कोई तुमसे सीख जाये
जाने आशिक़ हो के जाना कोई तुमसे सीख जाये

हर सुख़न[1] पे रूठ जाना कोई तुमसे सीख जाये
रूठकर फिर मुसकुराना कोई तुमसे सीख जाये

वस्ल की शब चश्मे ख़्वाब आलूदा[2] को मलते उठे
सोते फित्ने[3] को जगाना कोई तुमसे सीख जाये

कोई सीखे ख़ाकसारी[4] की रविश[5] तो हम सिखायें
ख़ाक में दिल को मिलाना कोई तुमसे सीख जाये

आते-जाते यूं तो देखे हैं हज़ारों ख़ुशखराम[6]
दिल में आकर दिल से जाना कोई तुमसे सीख जाये

देखकर आईना इतराये कि हम भी कोई हैं
अपनी नज़रों मे समाना कोई तुमसे सीख जाये

---

1. बात 2. नींद में मदमाती 3. दबे हुए झगड़े 4. नम्रता 5. ढंग 6. मस्तानी चाल चलते हुए।

इक निगाहे लुत्फ़ पर लाखों दुआएं मिल गयीं
उम्र को अपनी बढ़ाना कोई तुमसे सीख जाये

जान से मारा उसे, तनहा जहाँ पाया जिसे
बेकसी में काम आना कोई तुमसे सीख जाय

47

दर्दे दिल का कोई पहलू जो निकालूं, तो कहूँ
अपने रूठे हुए दिलबर को मना लूं, तो कहूँ

ज़ह्ल से कम नहीं अह्बाब[1] के ताने मुझको
जो है दिल में, उन्हें दीवान बना लूं, तो कहूँ

जो मेरे दिल में है, कहते हुए डर लगता है
गुदगुदा लूं तो कहूँ पाँव दबा लूं, तो कहूँ

यक-ब-यक[2] हाल मेरा सुन के उखड़ जायेंगे
हमनशीं[3] मैं उन्हें बातों में लगा लूं, तो कहूँ

मैं हूँ बेहाल, वो बदमस्त, फ़साना[4] है दराज़[5]
दिल को थाभूं, तो कहूँ, उनको संभालू, तो कहूँ

रात-भर हिज्र[6] में जागा हूँ, मैं ऐ दावरे हश्र[7]
हाले दिल कोई घड़ी आँख लगा लूं, तो कहूँ

---

1. मित्रगण 2. अचानक 3. प्रियवर 4. कहानी 5. लम्बी 6. विरह 7. ईश्वर।

हाले ग़म के लिए उसकी भी शहादत[8] है ज़रूर
डेढ़ अक्षर दिले मुज़्तर[9] को पढ़ा लूं, तो कहूँ

जो गुज़रती है मेरे दम पे, न पूछो मुझसे
गालियां इश्क़े मुहब्बत को सुना लूं, तो कहूँ

---

8. गवाही 9. बेचैन हृदय।

48

दिल गया, तुमने लिया, हम क्या करें
जाने वाली चीज़ का ग़म क्या करें

एक साग़र पर है अपनी ज़िन्दगी
रफ़्ता-रफ़्ता[1] इससे भी कम क्या करें

कर चुके सब अपनी-अपनी हिकमतें[2]
दम निकलता है, ऐ हमदम क्या करें

दिल ने सीखा शेवा ए बेगानगी[3]
ऐसे नामहरम[4] को महरम[5] क्या करें

मामला है आज हुस्नो इश्क़ का
देखिये वो क्या करें, हम क्या करें

तुन्द-ख़ू[6] है, कब सुने वो दिल की बात
और भी बरहम[7] को बरहम क्या करें

---

1. धीरे-धीरे 2. चिकित्सकीय उपाय 3. अपरिचित-जैसा व्यवहार 4. अज्ञानी 5. ज्ञानी 6. चिड़चिड़ा 7. क्रोधित।

आईना है और वो हैं, देखिये
फैसला दोनों ये बाहम[8] क्या करें

कह रहे अह्ले सिफ़ारिश मुझसे 'दाग़'
तेरी क़िस्मत है बुरी, हम क्या करें

8. परस्पर।

49

दिल जो नाकाम हुआ जाता है
शौक़ का काम हुआ जाता है

न मिटाओ किसी आशिक़ का निशां
नाम बदनाम हुआ जाता है

लुत्फ़े ईज़ा तलबी[1] क्या कहिये
दर्द आराम हुआ जाता है

रंग लायेगा तेरा रंगे अताब[2]
चेहरा गुलफ़ाम[3] हुआ जाता है

आजकल कसरते अश्शाक़[4] से इश्क़
शेवा ए आम[5] हुआ जाता है

देखकर मस्त वो काफ़िर आँखें
ख़ूने इस्लाम हुआ जाता है

दाग़ के पास जो आओ, तो अभी
दूर इल्ज़ाम हुआ जाता है

---

1. कष्ट पाने का स्वाद 2. क्रोध 3. सुन्दर 4. प्रेमीगण 5. साधारण बात।

50

दिल दो तरह का तेरी मुहब्बत में चाहिए
राहत में एक, एक मुसीबत में चाहिए

इक इज़्तिराबे शौक़[1] तबीअत में चाहिए
जो कुछ न चाहिए, वो मुहब्बत में चाहिए

कुछ लाग[2] कुछ लगाव तबीअत में चाहिए
दोनों तरह का रंग मुहब्बत में चाहिए

बुतगर[3] से इल्तिजा[4] है कि दे दे बना के वो
पत्थर का दिल, किसी की मुहब्बत में चाहिए

सुब्हे फ़िराक़[5] कत्ल न हो जाये शमा गुल
कोई शरीक़े हाल मुसीबत में चाहिए

कुछ तो पड़े दबाव दिले बेक़रार पर
पारा हुआ यारा मेरी तुर्बत[6] में चाहिए

---

1. उत्सुकता की व्यग्रता 2. हठधर्मिता 3. मूर्तिकार 4. प्रार्थना 5. विरह की रात 6. क़ब्र।

जो दिन हैं ज़िन्दगी में, वो गुज़रे हंसी-ख़ुशी
बाहम[7] सलूक मेह्र ओ मुहब्बत में चाहिए

ये क्या कि दोनों सूरते तस्वीर बन गये
थोड़ी-सी छेड़छाड़ भी सोहबत[8] में चाहिए

---

7. परस्पर 8. साथ।

51

दिल में क्या मेह्रबां नहीं आती
बात कहने में हाँ नहीं आती

बढ़ गया तुझसे वो सितम ईजाद[1]
शर्म ऐ आसमां नहीं आती

किस तरह क़ौल[2] के हों वो सच्चे
मेरे मुँह में ज़बां नहीं आती

है तबीअत में अपनी हरजाई[3]
किस जगह, यह कहाँ नहीं आती

जल के दिल ख़ाक हो गया शायद
बूए सोज़े निहां[4] नहीं आती

गो बला है मुफ़ारक़त[5] तेरी
नहीं आती, जहाँ नहीं आती

---

1. अत्याचार 2. वादा 3. बेवफ़ा 4. जलन की छिनी हुई गन्ध 5. वियोग।

बेख़ुदी में कहा था उसने हाल
याद वो दास्तां नहीं आती

है नज़ाकत भरी ख़बर उनकी
कि वहाँ से यहाँ नहीं आती

52

दिल में फ़रहत[1] जो कभी आती है
अपने रोने पे हंसी आती है

क्यों सबा[2] को न बताऊं क़ासिद[3]
अभी जाती है, अभी आती है

क्या है गिनती मेरे अरमानों की
फौज़ की फौज़ चली आती है

ये सबब क्या है, जिधर जाता हूँ
सामने तेरी गली आती है

शाख़े उम्मीद[4] जो होती है हरी
साथ पत्तों के कली आती है

क्या अदम[5] से हमें आने की ख़ुशी
मौत भी साथ लगी आती है

---

1. ख़ुशी 2 प्रात:काल की हवा 3. सन्देशवाहक 4. आशाओं की डाली 5. परलोक।

तुझको ऐ ग़ुच गुल इसकी तरह
खिल-खिलाकर भी हंसी आती है

मुजरिमे इश्क़ हुए तुम ऐ 'दाग़'
अब वहाँ से तलबी[6] आती है

---

6. बुलावा।

53

दिले नाकाम के हैं काम ख़राब
कर लिया आशिक़ों में नाम ख़राब

ज़ुल्फ़ है चोर चश्मे यार[1] शरीर[2]
हुस्न का सब है इन्तिज़ाम ख़राब

देखकर जिन्से दिल[3] वो कहते हैं
क्यों करे कोई अपने दाम ख़राब

अब्रे तर[4] से सबा ही अच्छी थी
मेरी मिट्टी हुई तमाम ख़राब

क्या मिला हमको ज़िन्दगी के सिवा
वो भी दुश्वार नातमाम[5] ख़राब

चाल की रहनुमा ए इश्क़ ने भी
वो दिखाया, जो था मुक़ाम ख़राब

'दाग़' है बदचलन, तो होने दे
सौ में होता है इक ग़ुलाम ख़राब

---

1. प्रिय की दृष्टि नटखट 2. हृदय की वस्तु न भीगी बदली 5. अधूरा।

54

देखें तो कैसे फ़ित्ने हैं नीची निगाह में
आईना रख दे काश कोई उनकी राह में

उम्मीदवार रहमते बारी[1] हूँ इस क़दर
होता हूँ मैं शरीक़ पराये गुनाह में

किस फ़ित्नागर[2] की चाल ने बेताब कर दिया
नक़्शे क़दम भी दौड़ते फिरते हैं राह में

होती है देखने के लिए आँख में निगाह
देखो तुम्हारी आँख है मेरी निगाह में

महशर[3] में किस तरफ़ से ये आने लगी सदा
आना हो जिसको आये, हमारी पनाह में

दिल भी कहीं जमे, तो हमारा क़दम जमे
इक पाँव बुतकदां[4] में, तो इक ख़ानकाह[5] में

---

1. प्रभु-कृपा 2. उपद्रवी 3. प्रलय के दिन 4. मन्दिर 5. मस्जिद।

हंगामे शिकवे ख़ौफ़ बिठाने में फ़ायदा
तुम ख़ुद ही बैठ जाओ दिले दादख़्वाह[6] में

क्यों 'दाग़' देहलवी की ज़ुबां मुस्तनदे[7] न हो
पैदा किया ख़ुदा ने उसे तख़्तगाह[8] में

---

6. न्याय चाहने वाला 7. प्रमाणित 8. राजधानी।

55

न जाओ, हाले दिलेज़ार[1] देखते जाओ
कि जी न चाहे तो नाचार[2] देखते जाओ

बहारे उम्र में बाग़े जहाँ की सैर करो
खिला हुआ है ये गुलज़ार देखते जाओ

उठाओ आँख, न शरमाओ, ये तो महफ़िल है
ग़ज़ब[3] से जानिबे अग़्यार[4] देखते जाओ

हुआ है क्या, अभी हंगामा और कुछ होगा
फ़ुग़ां[5] में हश्र के आसार देखते जाओ

तुम्हारी आँख मेरे दिल से बेसबब, बेवजह
हुई है लड़ने को तैयार देखते जाओ

न जाओ बन्द किये आँख रहवाने क़दम[6]
इधर-उधर भी ख़बरदार देखते जाओ

कोई-न-कोई हर इक शे'र में है बात ज़रूर
जनाबे 'दाग़' के अश्आर देखते जाओ

---

1. दुखी हृदय 2. इच्छा 3. क्रोध 4. रोना-चिल्लाना 5. दूसरे लोग 6. परलोक के यात्री।

56

नज़ाकत मान-ए ज़ोर आज़्माई[1] होती जाती है
कि शाख़े गुल-सी जब उनकी कलाई होती जाती है

फंसाकर ज़ुल्फ़ में दिल उम्र-भर उनकी बला रक्खे
असीरी[2] होती जाती है, रिहाई होती जाती है

मुबारकबाद अब सैयाद[3] को मुज़्दा[4] असीरी का
बहत मशहूर मेरी ख़ुशनवाई[5] होती जाती है

बढ़ाया शौक़ ने आगे, हटाया ख़ौफ़ ने पीछे
रसाई[6] में भी उस तक नारसाई होती जाती है

निकल जायेंगे बल, मिलना न छोड़ो रस्तबाज़ों[7] से
बहुत सीधी तुम्हारी कजअदाई[8] होती जाती है

हमें भी सब्र आये, साफ़ कह दो, हम नहीं डरते
अलग हर चीज़ क्यों हमसे पराई होती जाती है

---

1. शक्ति प्रदर्शन करना 2. क़ैद 3. माली 4. प्रसन्नतादायक समाचार 5. गायन 6. पहुँच 7. सच्चे लोग 8. टेढ़ी चाल।

मुख़ातिब[9] हो किसी से बज़्म में वो चोट है मुझ पर
मेरे ही सामने मेरी बुराई होती जाती है

वो चश्मे फ़िरत्ना जा[10] से देखकर आईना कहते हैं
बहुत से शोख़ तुझमें बेवफ़ाई होती जाती है

---

9. प्रत्यक्ष रूप मिलना 10. झगड़ालू नेत्र।

57

नब्ज़े बीमार कभी और कभी दिल देखा
फिर किया क़त्ल नया, आपको क़ातिल देखा

मौत भी छू न सकी मुझको रहे उल्फ़त[1] में
मैंने फिर-फिर के अजल[2] को नयी मंज़िल देखा

नाख़ुदा[3] से कहो बहने दे हमारी कश्ती
हमने गिरदाब[4] जो देखा, लबे साहिल[5] देखा

क्या समझते नहीं ज़ाहिर की मुलाक़ात को हम
दिल तुम्हारा न मिला, हमने गले मिल देखा

क्या दिलावर[6] है कोई उसका कलेजा देखा
जिसने बेताब मुहब्बत में मेरा दिल देखा

गालियां देते हो, फिर कहते हो तुम ये मुझसे
हमने तुझको इसी लायक़, इसी क़ाबिल देखा

---

1. प्रेमपथ 2. मृत्यु 3. मल्लाह 4. भक्त 5. किनारे पर 6. साहसी।

इश्क की चोट को दिल है, सरो गरदन तो नहीं
जिसने तलवार न खायी, उसे बिस्मिल[7] देखा

मंज़िले इश्क़ है सुनसान मुक़ाम ऐ मजनूं
नाकां[8] देखा है यहाँ, कोई न महमिल[9] देखा

---

7. घायल 8. हौदा 9. पालकी।

58

निकल जाये, ये हसरत[1] वो नहीं है
बदल जाये ये क़िस्मत वो नहीं है

वही तुम हो, तबीअत वो नहीं है
वही सूरत है, सीरत[2] वो नहीं है

तेरा दिल क्या, तेरे घर में भी मुझको
ठहरने दे, ये वहशत वो नहीं है

यहाँ क़ैदी हैं, थे दुनिया में आज़ाद
हमें जन्नत में राहत वो नहीं है

जो तुम समझे हो दिल में चारासाज़ो[3]
इलाजे दर्द ओ फ़ुर्क़त[4] वो नहीं है

गयी महफ़िल की रौनक़ 'दाग़' के साथ
वही दम था ग़नीमत, वो नहीं है

---

1. इच्छा 2. आदत 3. चिकित्सक 4. कष्ट।

59

नहीं सुनते वो अब हमारी बात
सच है, बन आये की है सारी बात

दो-दो बातें हुई थीं वाइज़[1] से
रख ली अल्लाह ने हमारी बात

ख़ैर से उसने ही न पूछा हाल
करने देती न बेक़रारी[2] बात

खेल है इम्तिहां[3] तेरे आगे
मेरे आगे है जां-निसारी[4] बात

हश्र[5] में कुछ-न-कुछ निकालेगी
मेरी शर्मे गुनाहगारी[6] बात

ख़ामुशी में अदा[7] करें मतलब
ये तो है उनकी इख़्तियारी[8] बात

---

1. संयमी 2. बेचैनी 3. परीक्षा 4. जान देने वाला 5. प्रलय 6. दूषित चरित्र 7. पूरा करना 8. मन की बात।

60

परदे-परदे में अताब[1] अच्छे नहीं
ऐसे अन्दाज़े हिजाब[2] अच्छे नहीं

मैकदे[3] में हो गये चुपचाप क्यों
आज कुछ मस्ते शराब[4] अच्छे नहीं

ऐ फ़लक[5] क्या है ज़माने की बिसात[6]
दम बदम[7] के इन्क़लाब अच्छे नहीं

तू भी उसकी ज़ुल्फ़े पेचा[8] हो गया
ऐ दिल ऐसे पेच ओ ताब[9] अच्छे नहीं

बज़्मे वाइज़[10] से कोई कहता गया
ऐसे जलसे बे शराब अच्छे नहीं

तौबा कर लें हम मै ओ माशूक़ से
बे मज़ा हैं ये सवाब अच्छे नहीं

---

1. छुप-छुपकर 2. अत्याचार 3. शरमाने का ढंग 4. मदिरालय 5. शराबी 6. आकाश 7. अस्तित्व 8. क्षण-प्रतिक्षण 9. घुंघराले बाल 10. धर्मोपदेशक।

इक नजूमी[11] 'दाग़' से कहता था आज
आपके दिन ऐ जनाब अच्छे नहीं

11. ज्योतिषी।

61

फिरे राह से वो यहाँ आते-आते
अजल[1] मर गयी है कहाँ आते-आते

मुझे प्यार करने का ये मुद्दआ[2] था
निकल जाये दम हिचकियां आते-आते

न जाना कि दुनिया से जाता है कोई
बहुत देर की मेह्रबां[3] आते-आते

कलेजा मेरे मुँह को आयेगा इक दिन
यूं ही लब पे आहो-फ़ुग़ां[4] आते-आते

सुनाने के क़ाबिल थी जो बात उनकी
वही रह गयी दरमियां[5] आते-आते

मेरे आशियां[6] के तो थे चार तिनके
चमन[7] उड़ गया आँधियां आते-आते

---

1. मृत्यु 2. अभिप्राय 3. कृपालु 4. रोना-चिल्लाना 5. बीच में 6. भरोसा 7. उपवन।

बना है हमेशा ये दिल बाग़ सहरा[8]
बहार आते-आते, ख़िज़ां[9] आते-आते

नहीं खेल ऐ 'दाग़' यारों से कह दो
कि आती है उर्दू ज़ुबां आते-आते

---

8. जंगल 9. पतझड़।

62

फ़ुग़ां[1] को लाग[2] ठहरी आसमां से
उठा जाता है परदा दरमियां[3] से

तेरी रंजिश खुली तर्ज़े बयां[4] से
न थी दिल में, तो क्यों निकली ज़बां से

मेरे तिनकों में क्या है ख़ारे हस्त्रत[5]
अलग करती है बिजली आशियां से

लगा रहता है खटका दानो जानिब
मज़ा है दोस्ती का बदनुमां से

न कहिये, दोस्त दुश्मन को न कहिये
पराये अपने होते हैं ज़बां से

शिकायत राहे उल्फ़त की सुने कौन
अलग चलता हूँ बचकर कारवां से

---

1. रोना 2. शत्रुता 3. बीच से 4 बोलने का ढंग 5. इच्छाओं का काँटा।

शबे ग़म[6] हर बला का मुन्तिज़र[7] हूँ
निगाहें लड़ रही है आसमां से

ख़ुशी क्या ज़िन्दगी की ख़िज्र तक, जब
मरे जाते हैं उम्रे जाविदा[8] से

6. दुःख की रात 7. प्रतीक्षारत 8. चिरस्थायी।

63

बरसों रहा हूँ मैं किसी नाज़ुक बदन के पास
क्या जी लगे निहाले गुलो यासमन[1] के पास

कामिल को इश्क़े पाक[2], तो पर्वेज़-सा[3] रक़ीब
शीरीं को लाये शौक़ से ख़ुद कोहकन के पास

वो नाज़ुकी से मुझ पे न अफ़सोस कर सके
अंगुश्ते[4] हैफ़[5] रह गयी आकर दहन[6] के पास

ऐ बेकसी रहेगी न बेपरदा अपनी लाश
मययत ख़ुद उड़ के जायेगी गोर ओ कफ़न के पास

वीरां पड़ा है दिल, जो कलेजा है दाग़दार
जंगल लगा हुआ है हमारे चमन के पास

ग़ुर्बत से हम फिरें तो कहीं फिर पलट न जाये
अहबाब[7] कुछ निशान बना दे वतन के पास

---

1. फूलों नदी हुई डाली 2. पवित्र प्रेम 3. मजनूं 4. अगुलि 5. दुःख 6. छिद्र 7. मित्र।

64

बला से वो दुश्मन हुआ है किसी का
वो काफ़िर[1] सनम क्या ख़ुदा है किसी का

किसी की तपिश[2] में ख़ुशी है किसी की
किसी की ख़लिश[3] में मज़ा है किसी का

ज़रा डाल दो अपनी ज़ुल्फ़ों का साया
मुक़द्दर बहुत नारसा[4] है किसी का

मेरी बज़्म में आ के वो पूछते हैं
बुरा हाल हमने सुना है किसी का

बचे जान किस तरह तेरी अदा से
क़ज़ा[5] पर कहीं बस चला है किसी का

मेरी इल्तिजा[6] पर बिगड़कर वो बोले
नहीं मानते, इसमें क्या है किसी का

---

1. प्रेमपात्र 2. जलन 3. कष्ट 4. न पहुँचने वाला 5. मृत्यु 6. प्रार्थना।

सुना करते हैं छेड़कर गालियां हम
वगरना कोई सिरफिरा[7] है किसी का

बज़ाहिर[8] न जाने, न जाने, न जाने
तुझे 'दाग़' दिल जानता है किसी का

7. पागल 8. प्रत्यक्षतः।

65

बुताने[1] मेहरवश[2] उजड़ी हुई मंज़िल में रहते हैं
कि जिसकी जान जाती है, उसी के दिल में रहते हैं

मुहब्बत में मज़ा है छेड़ का, लेकिन मज़े की हो
हज़ारों लुत्फ़ हर इक शिकवा ए क़ातिल में रहते हैं

हज़ारों हसरतें वो हैं कि रोके से नहीं रुकतीं
बहुत अरमान ऐसे हैं कि दिल के दिल में रहते हैं

मुहीते इश्क़[3] की हर मौज़ तूफ़ांख़ेज़ ऐसी है
वो हैं गिरदाब[4] में, जो दामने साहिल[5] में रहते हैं

ख़ुदा रक्खे, मुहब्बत में किये आबाद दोनों घर
मैं उनके दिल में रहता हूँ, वो मेरे दिल में रहते हैं

जो होती ख़ूबसूरत, तो न छिपती क़ैस से लैला
मगर ऐसे ही वैसे परदए महमिल में रहते हैं

---

1. प्रेमिकाएं 2. चन्द्रमुखी 3. प्रेम का घेरा 4. भवर 5. किनारा।

सुराग़े मेहरी उल्फ़त[6] ग़ैर के दिल में न पायेंगे
अबस[7] वो रात-दिन सई ए बेहासिल[8] में रहते हैं

बुतों को मेह्र में[9] असरार[10] तूने क्यों किया यारब
कि ये काफ़िर हरइक ख़िल्वत सराये दिल[11] में रहते हैं

---

6. प्रेम-प्रसंग 7. व्यर्थ 8. निष्फल प्रयास 9. जानकार 10 भेद 11. दिल का मकान।

66

मिटे दाग़े दिल आर्ज़ू रह गयी
चमन उड़ गया और तू रह गयी

कहाँ दिल में अब आर्ज़ू रह गयी
वो मुद्दत से बनकर लहू रह गयी

बहुत ऐ शबे ग़म बलायें टलीं
ख़ुदा जाने किस तरह तू रह गयी

चले हम तेरी बज़्म से तिश्नाकाम[1]
तमन्न-ए जाम ओ सुबू[2] रह गयी

बहुत चल बसे यार ऐ ज़िन्दगी
कोई दिन की मेहमान तू रह गयी

कहाँ से कहाँ ले गया हमको शौक़
मगर रह गयी, जुस्तजू[3] रह गयी

गया दिल गया 'दाग़' उस बज़्म में
ग़नीमत हुआ आबरू[4] रह गयी

---

1. प्यासे 2 मदिरापात्र की इच्छा 3. खोज 4. प्रतिष्ठा।

67

मिली हमको जन्नत क़यामत के बाद
मिले क्या ख़ुदा जाने जन्नत के बाद

मेहरबाँ न हो, हो के हो मेहरबाँ
अदावत[1] बुरी है मुहब्बत के बाद

हया के, तबस्सुम[2] के, अग़माज़[3] के
मज़े ले रहा हूँ शिकायत के बाद

अबस[4] उज्र[5] है अब, अबस लुत्फ़ है
करूं शुक्र क्योंकर शिकायत के बाद

नहीं इसके ख़ूगर[6] हम आसमां
न दे हमको तकलीफ़ राहत के बाद

वफ़ादार होते हे देरआश्ना
ये अक़्दा[7] खुला एक मुद्दत के बाद

---

1. शत्रुता 2. मुस्कराहट 3. इशारे 4. व्यर्थ 5. बहाना 6. अभ्यस्त 7. गाँठ।

इसी का मज़ा हो, तो क्या कीजिये
कहा मानते हैं वो हुज्जत के बाद

तड़पना न देखा गया 'दाग़' का
हुआ ख़ात्मा किस मुसीबत के बाद

68

मुमकिन नहीं कि तेरी मुहब्बत की बू न हो
काफ़िर अगर हज़ार बरस दिल में तू न हो

क्या लुत्फ़े इन्तिज़ार, जो तू हीला जू[1] न हो
किस काम का विसाल, अगर आरज़ू न हो

ख़िल्वत[2] में तुझको चैन नहीं, किसका ख़ौफ़ है
अन्देशा कुछ न हो, जो नज़र चार-सू[3] न हो

वो आदमी कहाँ है, वो इंन्सां है कहाँ
जो दोस्त का हो दोस्त, अदू[4] का अदू न हो

दिल को मसल-मसल के ज़रा हाथ सूंघिये
मुमकिन नहीं कि ख़ूने तमन्ना की बू न हो

ज़ाहिद[5] मज़ा तो जब है अज़ाबे सवाब[6] का
दोज़ख़ में बादाकश न हो, जन्नत में तू न हो

माशूक़े हिज्र इससे ज़ियादा कोई नहीं
क्या दिल्लगी रहे, जो तेरी आरज़ू न हो

है लाग[7] का मज़ा दिले बेमुद्दआ[8] के साथ
तुम क्या करो किसी को, अगर आरज़ू न हो

---

1. बहानेबाज़ 2. एकान्त 3. चारों और 4. शत्रु 5. सदाचारी 6. पाप-पुण्य। 7. होड़ 8. नि:स्वार्थ।

69

मेरी उनकी भरी महफ़िल में होगी
ज़ुबां पर आयेगी, जो दिल में होगी

न करते दिल्लगी, क्या जानते थे
हमारी जान इस मुश्किल में होगी

चुरायेगा उसी से आँख क़ातिल
ज़रा-सी जान जिस बिस्मिल[1] में होगी

अदम[2] के जाने वाले सुनते जाओ
ये आराइश[3] न उस मंज़िल में होगी

अगर अक़्बा[4] में दुनिया याद आयी
तो मुश्किल और इक मुशिकल में होगी

नहीं शोख़ी से ख़ाली शर्म उसकी
क़यामत पर्द ए हामिल[5] में होगी

---

1. घायल 2. परलोक 3. आराम 4. परलोक 5. अड़चन डालने वाला परदा।

वहाँ चुटकी में जब वह तीर लेंगे
यहाँ इक गुदगुदी-सी दिल में होगी

न आयें 'दाग़' तो अच्छा है, वरना
बड़ी हलचल तेरी महफ़िल में होगी

70

मेरी क़िस्मत की तरह रहती है बल खायी हुई
ज़ुल्फ़ पर भी क्या है सख़्ती की गिरह[1] आयी हुई

दोस्त दुश्मन को बनाया है तेरे अन्दाज़ ने
सबको पहचाना, अगर तुझसे शनासायी[2] हुई

ऐ हुजूमे नाउमीदी[3] रख ले शर्मे आरज़ू[4]
गोश ए दिल[5] में अलग बैठी है शरमायी हुई

जानकर पहचानकर अनजान जब कोई बने
फिर न होने के बराबर वह शनासायी हुई

ज़ोफ़[6] ने ऐसा बिठाया उसकी बज़्मे नाज़ में
मैंने ये जाना मुझे हासिल शकेबायी[7] हुई

किस बला में मुब्तिला[8] रहती है दिन-भर शामे ग़म[9]
दौड़कर आती है मेरे घर जो घबरायी हुई

---

1. गाँठ 2. पहचान 3. निराशा की भीड़ 4. इच्छाओं की लाज 5. हृदय का कोना 6. कमज़ोरी 7. शर्मिन्दगी 8. व्यस्त 9. दु:ख की शाम।

भोली सूरत पर पड़ी तस्वीर में ये बांकपन[10]
लब पे ज़ाहिर है तबस्सुम[11] दिल में इतरायी हुई

जब मेरे दर से फिरा ख़िल्क़त[12] तमाशायी हुई
पीछे-पीछे 'दाग़' आगे-आगे रुस्वाई हुई

---

10. चंचलता 11. मुस्कुराहट 12. जनता।

71

मेरे दिल को देखकर, मेरी बक़ा को देखकर
बन्दापरवर मुंसिफी[1] करना ख़ुदा को देखकर

दिल लगाया था ज़माने की हवा को देखकर
आश्ना को देखकर, नाअश्ना को देखकर

कूच-ए-दुश्मन[2] से ये आती न हो यारब कहीं
जी उड़ा जाता है कुछ बादे सबा को देखकर

बदगुमां मेरी तरफ़ से है, वो मुझसे भी सिवा
राह चलते हैं, तो मेरी नक़्शे पा को देखकर

गर्दिशे गर्दूं[3] का बाइस[4] और कुछ खुलता नहीं
भागता फिरता है ये तेरी जफ़ा को देखकर

हज़रते ज़ाहिद[5] हमारी छेड़ की आदत नहीं
गुदगुदी होती है दिल में, पारसा[6] को देखकर

---

1. न्याय 2. प्रतिद्वन्द्वी का महल्ला 3. आकाश का चक्कर 4. कारण 5. उपदेशक 6. पवित्रात्मा।

कूच ए जानाँ[7] के बदले कूए दुश्मन में न जाये
ख़ाक होना है हमें, लेकिन हवा को देखकर

ग़ैर ने की बेवफ़ाई, सब की शामत आ गयी
आग हो जाते हैं वो, अह्ले वफ़ा को देखकर

---

7. मित्र की गली।

72

मैंने चाहा जो तुम्हें उसका गुनहगार तो हूँ
मगर इतना भी समझ लो कि वफ़ादार तो हूँ

उम्र-भर आपने मुझको कभी अच्छा न कहा
ख़ैर, अच्छा न सही, आपका बीमार तो हूँ

या ख़ुदा पुर्सिशे आमाल[1] को देता हूँ जवाब
बात का होश किसे है, अभी होशियार तो हूँ

मै और माशूक़ से इनकार नहीं ऐ ज़ाहिद
आशिक़े ज़ार[2] तो हूँ, रिन्दे क़दह ख़्वार[3] तो हूँ

गो[4] मेरे पास नहीं मताए[5] ग़ैर[6] ऐ क़ासिद
मैं तमाशाइ ए अन्दाज़े ख़रीदार तो हूँ

अभी क्या जाने कोई मुझको तुम्हारा शैदा[7]
कोई दिन और भी रुस्वा[8] सरे बाज़ार तो हूँ

---

1. कर्मों की जांच-पड़ताल 2. दुखी प्रेमी 3. मस्त शराबी 4. हालांकि 5. छोटी पूंजी 6. सिवा 7. प्रेमी 8. बदनाम।

गो मेरी वज़्आ[9] नहीं ये कि मिलूं ग़ैर से मैं
ताब ए हुक्मे ज़फ़ाकार ए सितमगार[10] तो हूँ

क्या गुज़र जाये तुझे रात यूं ही बेखटके
बज़्म में गुल न सही मैं, न सही ख़ार तो हूँ

---

9. ढंग 10. अत्याचारी।

73

मौत उस दिन को, जो तुमसे सितम ईजाद[1] न हो
मैं तो मर जाऊं, अगर लज़्ज़ते बेदाद[2] न हो

जुल्फ़ वो दाम[3] कि जिस दाम से आज़ाद न हो
आँख वो चोर कि जिस चोर की फ़रियाद न हो

बात का ज़ख़्म है, तलवार के ज़ख़्मों के सिवा
कीजिये कुल, मगर मुँह से कुछ इरशाद[4] न हो

हाय वो दिल, वो कलेजा मैं कहाँ से लाऊँ
वस्ल में शाद[5] न हो, हिज्र में नाशाद[6] न हो

जोर[7] के बाद है अब हर्फ़े तसल्ली[8] कैसा
उससे फ़र्माइये, जिसको वो घड़ी याद न हो

बदगुमानी[9] भी मुहब्बत में बुरी होती है
वो यक़ीं हो मुझे, जिस बात की बुनियाद न हो

---

1. अत्याचारी 2. अत्याचार का संवाद 3. जाल 4. कहना 5. प्रसन्न 6. अप्रसन्न 7. अत्याचार 8. सन्तोष 9. भ्रम।

है मेरे दिल की तबाही पे तअज्जुब, क्या ख़ूब
आप बरबाद करें जिसको, वो बरबाद न हो

उठ सके इस निगहे नाज़ की चोटें किससे
रूबरू तेरे जो आईना ए फ़ौलाद[10] न हो

---

10. लोहे का दर्पण।

74

मौत का मुझको न खटका शबे हिज्रां[1] होता
मेरे दरवाज़े, अगर आपका दरबां होता

गर मेरे हाथ तेरी बज़्म का सामां होता
मेज़बां मैं कभी होता, कभी मेहमां होता

दीन ओ दुनिया के मज़े जब थे कि दो दिल होते
एक में कुफ़्र[2] अगर एक में ईमां[3] होता

दिल को आसूदा[4] जो देखा, तो उन्हें ज़िद आयी
इससे बेहतर तो यही था कि परेशां होता

बेनियाज़ी[5] जो हुई, मेरी तमन्ना से हुई
मुझको अरमां जो न होता, तुझे अरमां होता

क्या ग़जब है नहीं इंसान को इंसान की क़द्र
हर फ़रिश्ते को ये हसरत है कि इन्सां होता

---

1. विरह की रात 2. अधर्म 3. धर्म 4. सन्तुष्ट 5. अवहेलना।

हो गयी बारेगिराँ[6] बन्दानवाज़ी[7] तेरी
तू न करता, अगर अहसान, तो अहसां होता

'दाग़' को हमने मुहब्बत में बहुत समझाया
वो कहा मान न लेता, अगर इन्साँ होता

---

6. बोझ 7. कृपा।

75

ये चर्चे हैं हमीं दोनों के दम से
न तुम से फिर ज़माने में, न हम से

अगर मर जायें, तो छुट जायें ग़म से
मगर ये हो नहीं सकता है हम से

न क्यों हो उनकी घबरायी हुई चाल
कि फ़ित्ने[1] लिपटे जाते हैं क़दम से

पसन्द आयी उन्हें ख़ुद तर्ज़े रफ़्तार[2]
नज़र उठती नहीं अपने क़दम से

ज़माने को, फ़लक[3] को साथ ले लो
ये जी भरता नहीं थोड़े सितम से

कहेंगे हम कि हमको चाहते हो
अगर तुम हाथ उठा बैठे सितम से

ख़ुदा बा आबरू[4] दे रिज़्क[5] ऐ 'दाग़'
नहीं है बहस हमको बेशो कम[6] से

---

1. झगड़े 2. चलने का ला 3. आकाश 4. प्रतिष्ठा के साथ 5. रोजी 6. कम और अधिक।

76

ये तो नहीं कि तुम-सा जहाँ में हसीं नहीं
इस दिल को क्या करूं, ये बहलता कहीं नहीं

दिल के सिवा न काबे में है वो, न दैर[1] में
गर है, तो बस यहीं है, नहीं, तो कहीं नहीं

इस दर पे जबीं सा[2] हो, तो फिर कोई क्यों उठे
या संगे आस्तां[3] ही नहीं या जबीं नहीं

कहता हूँ दिल से और हसीं ढूंढ़िये कोई
आता है फिर ख़याल कि ऐसा कहीं नहीं

दुनिया का हाल हज़रते ईसा से पूछिये
क्या आसमान वालों में अह्ले ज़मीं[4] नहीं

मज़हब में अपने तर्के मुलाक़ात[5] कुफ़्र[6] है
ये बात हमनशीं[7] की है कुछ दिलनशीं[8] नहीं

---

1. मन्दिर 2. नतमस्तक 3. चौखट का पत्थर 4. संसारवासी 5. मिलने से इनकार 6. पाप 7. मित्र 8. प्रिय।

क्या लुत्फ़ दे रही हैं अदाएं अताब[9] की
है मौज बहरे हुस्न[10] वो चीने जबीं[11] नहीं

अफ़सोस है कि दर्द भी अब छोड़ता है साथ
ये भी अख़ीर वक़्त कहीं है कहीं नहीं

---

9. क्रोध 10. सौन्दर्य की लहर 11. माथे का सलवटें।

77

ये बुत जो देते हैं, झूठी ज़बान देते हैं
ख़ुदा के वास्ते पर लोग जान देते हैं

हम इम्तिहां के साथ इम्तिहान देते हैं
वो जान लेने को आये, तो जान देते हैं

थकान पहुँचे न क़ातिल के दस्ते नाज़ुक[1] को
ठहर-ठहर के बहुत इम्तिहान देते हैं

मेरे फ़साने को सुन-सुन के नींद उड़ती है
दुआएं मुझको तेरे पासबान[2] देते है

वो तुम कि रोज़ नयी बदगुमानियां[3] हैं तुम्हें
वो हम कि रोज़ नया इम्तिहान देते हैं

सुना है, बात भी करनी तुम्हें नहीं आती
तुम्हारे मुँह में हम अपनी ज़बान देते हैं

कहे जो 'दाग़' कि हम जांनिसार[4] हैं, सब झूठ
ये लोग मुफ़्त कहीं अपनी जान देते हैं

---

1. कोमल हाथ 2. चौकीदार 3. सन्देह न जान देने वाले।

78

रंज की जब गुफ़्तगू[1] होने लगी
आपसे तुम, तुमसे तू होने लगी

चाहिए पैग़ाम्बरी[2] दोनों तरफ़
लुत्फ़ क्या जब दूबदू[3] होने लगी

मेरी रुस्वाई[4] की नौबत[5] आ गयी
उनकी शोहरत[6] कूबकू[7] होने लगी

अब के मिलकर देखिये क्या रंग हो
फिर हमारी जुस्तजू[8] होने लगी

'दाग़' इतराये हुए फिरते हैं आज
उनकी शायद आबरू[9] होने लगी

1. बातचीत 2. सन्देश-वाहक 3. आमने-सामने 4. बदनामी 5. दशा 6. प्रसिद्धि 7. गली-गली 8. तलाश 9. प्रतिष्ठा।

79

रहेगा इश्क़ तेरा ख़ाक में मिला के मुझे
कि इब्तिदा[1] में हुए रंज इन्तिहा के मुझे

हुजूमे नाज़[2] में घिरकर दुहाई दी दिल ने
ये लूट लेते हैं तनहा ग़रीब पा के मुझे

शरीक़ मेह्रो वफ़ा[3] में कभी किये ही बनी
ख़याल था वो न पछताये आज़्मा के मुझे

बग़ैर मौत के किस तरह कोई मरता है
यक़ीं न आये, तो वो देख जायें आ के मुझे

बला ए इश्क़ तो दुश्मन को भी नसीब न हो
मेरा रक़ीब भी रोया गले लगा के मुझे

कहा ये दिल ने चलो आज कूए क़ातिल में
अजल[4] कहाँ से कहाँ ले गयी लगा के मुझे

---

1. प्रारम्भ 2. नख़रों का अम्बार 3. कृपा 4. मृत्यु।

हरेक शख़्स को है कैफ़ियत[5] जुदा हासिल
जफ़ा के लुत्फ़ तुझे हैं, मज़े वफ़ा के मुझे

सितम तो ये है कि फिर इस ख़ुशी की क़द्र नहीं
तुम अपने दिल में हो ख़ुश किस क़दर सता के मुझे

---

5. नशा।

80

रहूँ सितम से भी महरूम, ये सितम क्या है
वो देखकर मुझे कहते हैं, इसमें दम क्या है

मज़ा नमाज़े सहर[1] का तो सुन लिया आख़िर
वो लुत्फ़ जामे सुबूही[2] का सुब्ह दम क्या है

ग़मे फ़िराक़[3] में जो रोज़ मरते-जीते हैं
वो जानते ही नहीं हस्ती ओ अदम क्या है

ये झुक पड़ा है फ़लक सबकी पायमाली[4] को
बग़ैर वज्ह सितमगर की पुश्ते ख़म[5] क्या है

सरे नियाज़[6] सलामत रहे पये तस्लीम[7]
नहीं तमीज़ हमें दैर क्या, हरम क्या है

शुमार कसरते अशिया का हो नहीं सकता
किसे ख़बर है कि अन्दाज़ ए करम क्या है

---

1. सुबह की पूजा 2. सुबह की शराब 3. विरह का दुःख 4. बरबादी 5. झुकी हुई पीठ 6. नम्रता का सिर 7. मानने के लिए।

नज़र जो आये, तो हम देख लें ख़ते तक़्दीर
हमें ख़बर ही नहीं लौह[8] क्या, क़लम क्या है

किसी की तीरे निगह को मिले जगह क्योंकर
हुजूमे दाग़े अलम मेरे दिल में कम क्या है

---

8. पाप की तख़्ती।

81

ले चला जान मेरी रूठ के जाना तेरा
ऐसे आने से तो बेहतर[1] था न आना तेरा

अपने दिल को भी बताऊं न ठिकाना तेरा
सब ने जाना जो पता एक ने जाना तेरा

तू जो ऐ ज़ुल्फ़ परेशान रहा करती है
किसके उजड़े हुए दिल में है ठिकाना तेरा

आरज़ू[2] ही न रही सुबहे वतन[3] की मुझको
शामे ग़ुर्बत[4] है अजब वक़्त सुहाना तेरा

ये समझकर तुझे ऐ मौत लगा रक्खा है
काम आता है बुरे वक़्त में आना तेरा

काबा ओ दैर[5] में या चश्म ओ दिले आशिक़[6] में
इन्हीं दो-चार घरों में है ठिकाना तेरा

'दाग़' को यूं वो मिटाते हैं, तो फ़र्माते हैं
तू बदल डाल, हुआ नाम पुराना तेरा

---

1. उचित 2. इच्छा 3. स्वदेश की सुबह 4. परदेश की साँझ 5. मन्दिर-मस्जिद 6. प्रिय के नेत्र व हृदय।

82

वाइज़ बड़ा मज़ा हो, अगर यूं अज़ाब[1] हो
दोज़ख़[2] में पाँव, हाथ में जामे शराब[3] हो

माशूक़ का तो जुर्म हो, आशिक़ ख़राब हो
कोई करे गुनाह, किसी पर अज़ाब हो

तू मुझ पे शेफ़्ता[4] हो, मुझे इज्तिनाब[5] हो
ये इन्क़्लाब[6] हो, तो बड़ा इन्क़्लाब हो

दुनिया में क्या धरा है, क़यामत में लुत्फ़ हो
मेरा जवाब हो, न तुम्हारा जवाब हो

दुनिया से रूसियाह[7] चला हूँ पसे फ़ना[8]
मुँह पर जो मेरे क़ुन से जुदा[9] इक नक़ाब[10] हो

ऐसा लगा हुआ है मए नाब[11] का मज़ा
पानी भी पियूं, तो भी मेरा मुँह ख़राब हो

---

1. सज़ा 2. नरक 3. मदिरापात्र 4. मिटा हुआ 5. परहेज़ 6. परिवर्तन 7. काला मुँह 8. मरणोपरान्त 9. अलग 10. परदा 11. मदिरा।

दरपरदा[12] तुम जलाओ, जलाऊं न मैं चख़ुश[13]
मेरा भी नाम 'दाग़' है, गर तुम हिजाब[14] हो

---

12. चोरी-चोरी 13. क्या ही अच्छा हो 14. परदा, दाग़ की पेहवा का नाम।

83

वो क़त्ल किया उसने, के शोहरत हो किसी की
क्या लुत्फ़ हो महशर[1] में, जो तुर्बत[2] हो किसी की

मिट जाये कोई हुस्न से, शोहरत हो किसी की
मातम हो किसी का, शबे इशरत[3] हो किसी की

बेदिल है ये माशूक़ भी आशिक़ से ज़ियादा
दिल हो, तो ज़रूर उसमें मुहब्बत हो किसी की

ऐ नामाबर[4] अन्दाज़े सुख़न[5] सीख ले मुझसे
तारीफ़ के पहलू में शिकायत हो किसी की

देखी है वो शोख़ी कि ये जी चाह रहा है
मिट्टी के भी पुतले में शरारत हो किसी की

लड़ना, कभी मिलना, कभी आना, कभी जाना
तुम शोख़ हो या शोख़ तबीअत हो किसी की

वह 'दाग़' हमारी नहीं सुनता, नहीं सुनता
ऐसी भी इलाही न बुरी मत[6] हो किसी की

1. क़यामत 2. क़ब्र 3. सुख की रात 4. सन्देशवाहक 5. बात करने का ढंग 6. बुद्धि।

84

वो दुश्नाम[1] लाखों मुझे दे रहे हैं
मज़े लेने वाले मज़े ले रहे हैं

अजब ख़ूबियां ख़ूबरूओं[2] में देखीं
बुराई में भी सबसे अच्छे रहे हैं

मज़ा दे गया है फ़साना[3] हमारा
महीनों वहाँ इसके चर्चे रहे हैं

जिधर से वो गुज़रे क़यामत बपा[4] थी
कि नक़्शे क़दम तक तड़पते रहे हैं

अदम[5] को चले जायेंगे हिज्र[6] में हम
अकेले रहेंगे, अकेले रहे हैं

मुहब्बत में अच्छा नहीं दौड़ चलना
जो आगे चले हैं, वो पीछे रहे हैं

---

1. गाली 2. सुन्दर लोग 3. कहानी 4. उत्पन्न 5. परलोक 6. विरह।

नसीबों से मिलता है दर्दे मुहब्बत
यहाँ मरने वाले ही अच्छे रहे हैं

जिन्हें उसने लिक्खा है हर्फ़े तसल्ली
वे कम्बख़्त बरसों तड़पते रहे हैं

85

वो बुत दिल में मेहमां हुआ चाहता है
नया दीनों ईमां हुआ चाहता है

लबे यार ख़न्दां[1] हुआ चाहता है
कोई अहदो पैमां[2] हुआ चाहता है

तेरी दोस्ती में ये थोड़ी ख़ुशी है
कि दुश्मन पशेमां[3] हुआ चाहता है

कहे देती है सरगिरानी[4] हमारी
अजल[5] का कुछ एहसां हुआ चाहता है

थकाकर हटाने लगी मुझको गर्दिश
बयाबां[6] भी ज़िन्दां[7] हुआ चाहता है

किया 'दाग़' उसने जो झूठा ही वादा
तेरा काम आसां हुआ चाहता है

---

1. हंसता हुआ 2. वादा 3. लज्जित 4. सिर का बोझ 5. मृत्यु 6. जंगल 7. बन्दीगृह।

86

वो लेते हैं चुटकी दमे गुफ़्तार[1] ज़रा-सी
क्या दिल को मज़ा देती है तक़रार ज़रा-सी

अन्देशा है इक साहबे तक़रार की नज़र
मै छोड़ दिया करते हैं मेख़्वार ज़रा-सी

उस फ़ित्न ए आलम[2] से ये कहती है क़यामत
दे डाल मुझे शोख़ि ए रफ़्तार ज़रा-सी

मूसा को तो जब भी न रही ताबे नज़ारा[3]
झलकी थी पये तालिबे दीदार[4] ज़रा-सी

उस शाने रहीमी[5] ने बहुत रंग दिखाया
जिस वक़्त झुकी चश्मे गुनहगार ज़रा-सी

साक़ी मुझे तरसा के पिलाता है म-ए-नाब[6]
इक बार बहुत-सी नहीं, हर बार ज़रा-सी

कहता है वो हम 'दाग़' को दिल में नहीं रखते
मैं चाहूँ, जगह दे मुझे दिलदार ज़रा-सी

---

1. बात करने समय 2. उपद्रवी 3. देखने की शक्ति 4. दर्शनाभिलाषी 5. ईश्वरीय साया 6. शराब।

87

शबनम[1] से शबे हिज्र[2] की ज़ुल्मत[3] नहीं जाती
सौ शोब[4] पड़े, फिर भी ये रंगत नहीं जाती

ऐ उम्रे रवां[5] उसको भी हमराह[6] लिये जा
तू जाती है, दिल से तेरी हसरत नहीं जाती

ज़ाहिद ये अगर पस्त[7] है मस्जिद से, तो क्या है
कुछ इससे तो पैख़ाने की अज़्मत[8] नहीं जाती

हरचन्द बला[9] है, मगर इसमें भी वफ़ा है
घर ग़ैर से मेरी शबे फ़ुर्क़त[10] नहीं जाती

कितने भी हैं पामाल[11] तेरी राहगुज़र में
दो-चार क़दम उठ के क़यामत नहीं जाती

सो जाती है उठ-उठ के जगाने से शबे वस्ल[12]
उन नींद भरी आँखों की ग़फ़लत[13] नहीं जाती

---

1. ओस 2. विरह की रात 3. अंधेरा 4. दुःख 5. बढ़ती हुई आयु 6. साथ 7. छोटा 8. प्रतिष्ठा 9. मुसीबत 10. रात 11. बरबाद 12. मिलन की रात 13. लापरवाही।

ऐ 'दाग़' बुरा मान ना तू उसके कहे का
माशूक़ की गाली से तो इज़्ज़त नहीं जाती

88

शबे वस्ल[1] दिल में बसर हो गयी
नहीं होते-होते सहर हो गयी

निगह ग़ैर पर बेअसर हो गयी
तुम्हारी नज़र को नज़र हो गयी

लगाते हैं दिल उससे, अब हार-जीत
इधर हो गयी या उधर हो गयी

बुरे हाल से या भले हाल से
तुम्हें क्या, हमारी बसर हो गयी

मयस्सर[2] हमें ख़्वाब ओ राहत कहाँ
ज़रा आँख झपकी, सहर हो गयी

निगाहे सितम[3] में कुछ ईजाद[4] हो
कि ये तो पुरानी नज़र हो गयी

---

1. मिलन की रात 2. प्राप्त 3. अत्याचारी आँख 4. आविष्कार।

शबे वस्ल ऐसी खुली चांदनी
वो घबरा के बोले, सहर हो गयी

कहो क्या करोगे मेरे वस्ल की
जो मशहूर झूठी ख़बर हो गयी

89

शोले दिले पुरसोज़[1] में उठते हैं ग़जब के
ये आग नहीं वो, जो रहे आग में दब के

होता है शरीक़ आप ये दुःख-दर्द में सबके
क्या हौसले हैं ये दिले आज़ार तलब[2] के

हैरत है कि ये आग दबाती है दवा को
इस दिल की क़दूरत[3] में रहे सांस से दब के

उठते हैं, पहुँच जाते हैं ये ता दरे मक़्सूद[4]
है दस्ते दुआ[5] में भी चल न पाये तलब[6] के

बेवज्ह किसी पर कोई आशिक़ नहीं होता
हम आलमे असबाब[7] में क़ाइल हैं सबब के

वो मुर्दे को ज़िन्दा करें, ये ज़िन्दे को मुर्दा
वो चश्म के जादू हैं, ये एजाज़[8] हैं लब के

---

1. जलता हुआ हृदय 2. दुखी हृदय 3. गन्दगी 4. निश्चित स्थान 5. प्रार्थना में उठे हुए हाथ 6. इच्छा के पाँव 7. तर्क का संसार 8. जादू।

दरबारे सलाती[9] तो नहीं आपकी महफ़िल
आशिक़ भी कभी रहते हैं पाबन्द अदब के

जो भेद की बातें हैं रक़ीबों से मिलेंगी
वो हैं मेरे मतलब के, वही हैं मेरे ढब के

9. बादशाहों का दरबार।

90

सब लोग जिधर हैं, वो उधर देख रहे हैं
हम देखने वालों की नज़र देख रहे हैं

कोई तो निकल आयेगा सरबाज़े मुहब्बत[1]
दिल देख रहे हैं, वो जिगर देख रहे हैं

अब ऐ निगहे शौक़[2] न रह जाये तमन्ना
इस वक़्त वो इधर से उधर देख रहे हैं

कब तक है तुम्हारा सुख़ने तल्ख़[3] गवारा[4]
इस ज़ह्र में है कितना असर देख रहे हैं

कुछ देख रहे हैं दिले बिस्मिल[5] का तड़पना
कुछ गौर से क़ातिल का हुनर देख रहे हैं

क्यों कुफ़्र[6] है दीदारे सनम हज़रते वाइज़
अल्लाह दिखाता है, बशर देख रहे हैं

---

1. प्रेम का सिपाही 2. इच्छुक नेत्र 3. कड़वी बात 4. सहन करना 5. घायल हृदय 6. अधर्म।

पढ़-पढ़ के वो दम[7] करते हैं कुछ हाथ पर अपने
हंस-हंस के मेरे ज़ख़्मे जिगर देख रहे हैं

मैं 'दाग़' हूँ, मरता हूँ इधर देखिये मुझको
मुँह फेरकर ये आप किधर देख रहे हैं

---

7. फूँकना।

91

सबसे तुम अच्छे हो, तुम से मेरी क़िस्मत अच्छी
यही कम्बख़्त दिखा देती है सूरत अच्छी

हुस्ने माशूक़ से है कामयाब हुस्ने सुख़न[1]
एक होती है हज़ारों में तबीअत अच्छी

मेरी तस्वीर जो देखी, तो कहा शरमाकर
ये बुरा शख़्स है, इसकी नहीं नीयत अच्छी

हर तरफ़ दिल का, ज़र ओ जान[2] का नुक्सां देखा
न मुहब्बत तेरी अच्छी, न अदावत[3] अच्छी

जो हो आग़ाज़[4] में बेहतर[5] वो ख़ुशी है बदतर[6]
जिसका अंजाम हो अच्छा, वही दौलत अच्छी

ज़ोरो ज़र[7] से भी कहीं 'दाग़' हसीं मिलते हैं
अपने नज़्दीक़ तो है सबसे इताअत[8] अच्छी

---

1. कृतित्व 2. कण-कण 3. शत्रुता 4. प्रारम्भ 5. अच्छा 6. बुरा 7. धन की शक्ति 8. आज्ञापालन।

92

सर को है तेरे संगे दर[1] की तलाश
पाँव को तेरी रहगुज़र[2] की तलाश

जोश खाता है क्या-क्या सीने में
सूने दिल को है चश्मे तर की तलाश

अह्ले दुनिया[3] को होगी जन्नत में
कभी शब की, कभी सहर की तलाश

मंज़िले इश्क़ दरकिनार[4] रही
चाहिए पहले राहबर[5] की तलाश

ये ख़राबा ख़राब करता है
ना करे कोई सीमोज़र[6] की तलाश

किन हिजाबों में उसको पाया है
क्यों न हर बहर बशर[7] की तलाश

---

1. द्वार की चौखट 2. रास्ता 3. संसार वाला 4. दूर 5. पथप्रदर्शक 6. सोना-चाँदी 7. स्पष्ट व्यक्ति।
8. स्वप्न

मेरे हाले जबूं से घबराकर
चारागर[8] को ही चारागर की तलाश

हज़रते 'दाग़' का ये सिने शरीफ[9]
और फिर शोख़ सोम ओबर[10] की तलाश

8. चिकित्सक 9. अधिक आयु 10. चंचल प्रेमिका।

93

साक़िया[1] दे भी म ए रूहफ़ज़ा[2] थोड़ी-सी
बेवफ़ा उम्र[3] करे और वफ़ा[4] थोड़ी-सी

हम तो उस आँख के हैं देखने वाले, देखो
जिसमें शोख़ी है बहुत और हया थोड़ी-सी

अभी बुतख़ाना के सिज्दों से तो फ़ुर्सत हो ले
जा के मस्जिद में भी कर लेंगे अदा थोड़ी-सी

बाद मुर्दन[5] मेरे मर्क़द[6] में बना दे रोज़न[7]
आती-जाती रहे दुनिया की हवा थोड़ी-सी

---

1. शराब देने वाला 2. हृदय का सन्ताप देने वाला 3. निष्ठुर आयु 4. साथ देना 5. मरणोपरान्त 6. क़ब्र 7. खिड़की।

94

साफ़ कब इम्तिहान लेते हैं
वो तो दम दे के जान लेते हैं

तुम तग़ाफ़ुल करो रक़ीबों से
जानने वाले जान लेते हैं

फिर न आना अगर कोई भेजे
नामाबर से ज़ुबान लेते हैं

कौन जाता है उस गली में जिसे
दूर से पासबान लेते हैं

कर गुज़रते हैं हो बुरी या भली
दिल में जो कुछ वो ठान लेते हैं

वो झगड़ते हैं जब रक़ीबों से
बीच में मुझको सान लेते हैं

ज़िद हर इक बात पर नहीं अच्छी
दोस्त की दोस्त मान लेते हैं

95

सुबह तक दिल को दिलासे शबे ग़म देते हैं
जिसको तुम दे नहीं सकते, उसे हम देते हैं

हस्बे ख़्वाहिश[1] वो कहाँ रंजो अलम[2] देते हैं
मांगने वालों को आज़ार[3] भी कम देते हैं

ख़ाक देते हैं, जो यूं अह्ले करम[4] देते हैं
सौ बताते हैं, अगर एक दरम[5] देते हैं

वादा करने को वो तैयार थे सच्चे दिल से
मैंने कमबख़्त ये जाना, मुझे दम[6] देते हैं

किसने ख़ुशबू से बसाया है कफ़न को मेरे
कि दुआएं मुझे सब अह्ले करम देते हैं

मुझसे कहते हैं वो परवाने को देखा तूने
देख यूं जलते हैं, इस तरह से दम[7] देते हैं

---

1. इच्छानुसार 2. दुःख-दर्द 3. दुःख 4. दानी व्यक्ति 5. पैसा 6. लालच 7. जान।

यूं वफ़ा करती जो ऐ उम्रे रवां क्या होता
बेवफ़ाई पे तेरे सैकड़ों दम देते हैं

रंज देने का अबस[8] 'दाग़' है शिकवा उनसे
जिसको देता है ख़ुदा, उसको सनम देते हैं

8. व्यर्थ।

96

हज़ारों रंजो मुसीबत के दिन गुज़ारे हैं
कभी जो लड़ गयी क़िस्मत तो वारे-न्यारे हैं

ख़ुदा की शाने करीमी[1] को पूछना क्या है
ग़ज़ब तो ये है कि गुनहगार हम तुम्हारे हैं

बुरा न मान हसीनों को जान ऐ वाइज़[2]
ख़ुदा गवाह ये बन्दे ख़ुदा को प्यारे हैं

तुम्हारी चश्मे फ़ुसूं साज़[3] से नहीं शिकवा
हमें है ख़ूब ख़बर जिनके ये इशारे हैं

वफ़ा करो कि जफ़ा, इख़्तियार है तुमको
कि बुरे हैं या भले, जैसे हैं, तुम्हारे हैं

खुले न बाबे इजाज़त[4] तो क्या करे कोई
बहुत दुआ ने पुकारा है, हाथ मारे हैं

---

1. कृपा का भाव 2. उपदेशक 3. जनाई-भरी आँख 4. स्वीकृति का द्वार।

बहकती फिरती हैं आहे तबाह[5] हैं नाले
रफ़ीक़[6] दिल के सहारे से बेसहारे हैं

ज़मीं पे रश्के मह ओ मेह्र[7] हैं हंसीं लाखों
फ़लक[8] में दो ही तो चमके हुए सितारे हैं

---

5. बरबाद 6. दोस्त 7. चाँद-सूरज को लज्जित करने वाला 8 आसमान।

97

हमारे दिल में बेखटके मुहब्बत अपनी रहने दो
अमानतदार का घर है, अमानत अपनी रहने दो

जो है मुश्ताक़[1] उनके दिल में हसरत अपनी रहने दो
कोई दिन और भी परदे में सूरत अपनी रहने दो

नहीं है इश्तिहा[2] अब तक, बहुत ग़म खा के आया हूँ
कहूँगा अह्ले जन्नत से नियामत[3] अपनी रहने दो

ग़ज़ब की बात है, ये मशवरा देते हैं वो मुझको
रक़ीबों से भी तुम साहब-सलामत अपनी रहने दो

डराया है, मनाया है, ये कहकर वस्ल में उसने
बिगड़ जायेंगे हम, बस-बस शिकायत अपनी रहने दो

हमें दीदार से महरूम[4] रखकर है नज़र दिल पर
पराया माल ताकी और दौलत अपनी रहने दो

---

1. इच्छुक 2. इच्छा 3. धरोहर 4. वंचित।

बज़ाहिर[5] मेहरबानी है, तो दिल में बदगुमानी है
सलाम ऐसी इनायत[6] को, इनायत अपनी रहने दो

न घबरा जाये रहकर एक मेहमां ख़ाना ए दिल में
कुछ उल्फ़त मेरी रहने दो, कुछ उल्फ़त अपनी रहने दो

5. प्रत्यक्ष 6. कृपा।

98

हाले दिल तुझसे दिलाज़ार[1] कहूँ या न कहूँ
ख़ौफ़ है मान ए इज़्हार कहूँ या न कहूँ

नाम ज़ालिम का जब आता है, बिगड़ जाते हो
आसमां को भी सितमगार[2] कहूँ या न कहूँ

आख़िर इंसान हूँ मैं, सब ओ तहम्मुल[3] कब तक
सैकड़ों सुन के भी दो-चार कहूँ या न कहूँ

हाथ क्यों रखते हो मुँह पर मेरे, मतलब क्या है
बाइसे रंजिश ओ तक़रार[4] कहूँ या न कहूँ

फ़िक्र है, सोच है, तश्वीश[5] है क्या-क्या कुछ है
दिल से भी इश्क़ के असरार[6] कहूँ या न कहूँ

'दाग़' है नाम मेरा, बर्क़ तबीअते[7] मेरी
गर्म इस तरह के अश्आर[8] कहूँ या न कहूँ

---

1. दु:खदायी 2. अत्याचार 3. सन्तोष 4. झगड़े का कारण 5. चिन्ता 6. भेद 7. बिजली-जैसा स्वभाव 8. शाइरी।

99

हिज्र की ये रात कैसी रात है
एक मैं हूँ या ख़ुदा की ज़ात है

आपकी हर बात में वो बात है
चाल है, फ़िकरें[1] है, दम[2] है, घात[3] है

तूने क़ासिद जो कही दिल की लगी[4]
ये उसी काफ़िर[5] के दिल की बात है

उनका क़ासिद[6] ले चला है दिल मेरा
ताजा फ़र्माइश[7] नयी सौग़ात[8] है

'दाग़' से जाकर मिले थे हम भी आज
आदमी ख़ुश वज़आ[9] ख़ुश औक़ात[10] है

---

1. व्यंग्य 2. लालच 3. धोखा 4. प्रणय 5. शत्रु 6. सन्देशवाहक 7. मांग 8. भेंट 9. अच्छे ढंग का 10. अच्छे व्यक्तित्व का।

100

हुआ रश्के अदू[1] भी आशिक़ी में
लगा दी और क़िस्मत ने लगी में

करूं क्या चार दिन की ज़िन्दगी में
रही जाती है हसरत जी की जी में

बुतों से अब मुआफ़ी चाहता हूँ
ख़ुदा से कुछ कहा था बेख़ुदी[2] में

न इतरा ऐ दिले नादां शबे वस्ल[3]
कोई ग़म हो ही जाता है ख़ुशी में

अकेले बैठकर क्या सोचते हो
ये तनहाई है दाख़िल बेकसी में

तुम्हें खुल जायेगी दिल की तमन्ना
अभी है बन्द ख़ुशबू इस कली में

---

1. दुश्मन से ईर्ष्या 2. मस्ती 3. मिलन की रात।

दिले वीरां के ज़ाहिर पर न जाओ
न होने पर भी सब कुछ है इसी में

वो लेकर क्या करें उश्शाक़[4] के दिल
किसी में दाग़ है, काँटा किसी में

4. प्रेमीजन।

101

हुक्म ये है कि मेरे पास न आये कोई
इसलिए रूठ रहे हैं कि मनाये कोई

ये न पूछो कि ग़मे हिज्र में कैसी गुज़री
दिल दिखाने का अगर हो, तो दिखाये कोई

हो चुका ऐश[1] का जलसा, तो मुझे ख़त पहुँचा
आपकी तरह से मेहमान बुलाये कोई

तर्क ए बेदाद[2] की तुम दाद[3] न चाहो मुझसे
करके एहसान न एहसान जताये कोई

क्या वो मे[4] दाख़िले दावत[5] ही नहीं ऐ वाइज़[6]
मेहरबानी से बुलाकर जो पिलाये कोई

सर्द मेहरी[7] से ज़माने के हुआ है दिल सर्द[8]
रख के इस चीज़ को तब आग लगाये कोई

---

1. आराम 2. अत्याचार छोड़ना 3. प्रशंसा 4. मदिरा 5. नियंत्रण 6. धर्मोपदेशक 7. कठोरता 8. दुखी।

आपने 'दाग़' को मुँह भी न लगाया, अफ़सोस
उसको रखता था कलेजे से लगाये कोई

102

हुस्ने अदा[1] भी ख़ूबिए सूरत में चाहिए
ये बढ़ती दौलत ऐसी ही दौलत में चाहिए

हिम्मत का हारना न मुसीबत में चाहिए
थोड़ा-सा हौसला भी तबीअत में चाहिए

बाहम ये मेल-जोल मुहब्बत में चाहिए
मेरी तबीअत उसकी तबीअत में चाहिए

आज़ाद राहे रास्त[2] पे काफ़िर[3] तेरा मिज़ाज
इक बन्दए ख़ुदा[4] तेरी ख़िदमत में चाहिए

क्या लुत्फ़े दुश्मनी, जो तअल्लुक़ ही उठ गया
कुछ छेड़-छाड़ भी तो अदावत[5] में चाहिए

इंसाफ़ से कहो कि ये बेदाद तरीक़ा
तुमको न चाहिए कि मुहब्बत में चाहिए

---

1. चंचल सौन्दर्य 2. ठीक रास्ता 3. प्रेमपात्र 4. ईश्वरभक्त 5. शत्रुता।

आया है क्या पसन्द ख़मे ज़ुल्फ़े पुरशिकन[6]
कहता हूँ ये बला मेरी क़िस्मत में चाहिए

उस चश्मे सहरे-फ़न[7] ने किया है मुझे हलाक़[8]
जादू की रौशनी मेरी तुर्बत[9] में चाहिए

6. घुंघराले बाल 7. जादू-भरी आँखें 8. जान से मारना 9. क़ब्र।

❖❖❖

www.ingramcontent.com/pod-product-compliance
Lightning Source LLC
LaVergne TN
LVHW100831051026
849519LV00006B/2251
* 9 7 8 9 3 6 1 4 4 6 6 6 5 *